KB027472

세상 가장 높은 곳의 정원

A Garden on Top of the World by Virginia Aronson
Copyright © The estate of Virginia Aronson, 2019
First published in 2019 by Dixi Books.
All rights reserved.

Korean Translation Copyright © 2020, Lime Co., Ltd.
This Korean translation edition published by arrangement with Dixi Books through Lena Agency.

이 책의 한국어판 저작권은 레나 에이전시를 통한 저작권자와의 독점 계약으로
(주)라임에 있습니다. 저작권법에 의하여 한국 내에서 보호를 받는 저작물이므로
무단 전재와 복제를 금합니다.

세상 가장 높은 곳의 정원

버지니아 아론슨 지음 * 김지애 옮김

라임

『 작가의 말 』

오십 년쯤 뒤에 우리는…

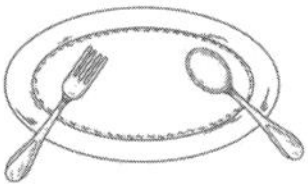

미래엔 세상이 어떻게 변해 있을까요? 일단 지구의 기온이 올라가면서 극지방의 빙하가 서서히 녹을 거예요. 그러면 해수면이 덩달아 상승하겠지요. 해안에 자리잡은 도시들은 위태로운 상황에 놓이게 될 테고요. 어쩌면 피난을 떠나야 할지도 몰라요. 시간이 흐를수록 땅과 음식이 점점 더 부족해져서 지금보다 먹고살기가 훨씬 힘들어질 수밖에 없어요.

지금 그린란드의 인구는 육만 명이 채 안 돼요. 그 지역은 대부분이 눈과 얼음, 영구 동토층(평균 기온이 영하로 나타나는 달이 육 개월 이상이어서 일 년 내내 얼어 있는 토양층)이기 때문이지요. 만일 지구가 지금보다 더 따뜻해져서 해수면이 상승하면, 삶의

터전을 잃은 사람들이 그린란드처럼 척박한 지역으로 몰려들 가능성이 높아요. 지구가 그만큼 심각한 상황에 빠지는 셈이에요.

그런 때가 오면 얼마나 많은 사람이 집과 일자리를 잃게 될까요? 우리는 과연 어디에 살면서 무엇을 먹게 될까요? 불과 수십 년 뒤, 우리가 사는 세상이 어떤 모습을 하고 있을지 상상해 보는 것도 재미있을 듯해요.

어쩌면 사람들의 신체 구조가 달라질지도 몰라요. 의학 전문가들 중 몇몇은 그리 오래지 않은 미래에 남녀 양성을 다 가진 아기가 태어날 확률이 꽤 높다고 예측하거든요. 인간의 성별이 좀 더 유동적으로 바뀐다는 뜻이에요. 이 모든 변화를 진화의 한 과정으로 순순히 받아들여야 하는 순간이 다가올지도 모르지요.

그때는 사회 분위기도 많이 달라지겠지요? 우리가 상상하는 그 이상의 변화가 우리를 기다리고 있을 테니까요.

음, 지금부터 여러분이 2066년에 사는 청소년이라고 상상해 봐요. 그러면 조니와 함께하는 이 시간 여행이 더욱더 즐거울 거예요.

버지니아 아론슨

차례

작가의 말 …… 4

2066년, 그린란드 …… 9

괴짜 할아버지와 비둘기 …… 19

3D 프린터로 차린 저녁 식사 …… 27

씨앗, 정원, 진짜 음식 …… 39

먹이 사슬의 꼭대기 …… 49

샤메드, 부끄러움의 도시 …… 64

쓰레기조차 가질 수 없는 …… 77

유전자 조작 씨앗 ······ 90

진짜 먹거리 ······ 101

흙 양동이 속에 담긴 꿈 ······ 112

도시 속의 비밀 농장 ······ 119

1%의 부자와 너그러운 엘리트 ······ 131

때 아닌 발각 ······ 148

세상 가장 높은 곳의 정원 ······ 156

우리가 사는 세상에서는 ······ 166

2066년, 그린란드

학교 숙제를 마치고 나면, 저녁 식사 시간 전까지 딱히 할 일이 없다. 그저 따분하기만 하다. 나를 제외한 가족 모두가 일을 하기 때문이다.

우리 집은 상품 판매를 위한 콜센터를 운영하고 있다. 그러니까 먹고살기 위해서 온 가족이 엄청나게 말을 많이 한다는 뜻이다. 전 세계 고객을 상대로 하는 까닭에 밤낮 없이 말소리가 끊이지 않는다.

정상적인 사람들이라면 일하지 않는 동안만이라도 입을 다문 채 평화로운 시간을 보내고 싶어 할 거다. 그런데 우리 가족은 근무 시간이 아닐 때도 쉬지 않고 떠들어 댄다. 시도 때도 없이 잡담을 늘어놓거나, 깔깔거리며 웃거나, 난데없이 소리를 지르거나, 별것 아닌 일로 싸우거나……. 하여튼 조용할 틈이 없다.

나는 우리 집에서 제일 어리다. 가족은 많아도 마음을 나눌 만한 사람은 한 명도 없다. 그래서 집에서는 거의 말을 하지 않는다. 물론 수다를 떠는 것보다 조용한 것을 더 좋아하는 편이기도 하다. 고요함과 차분함, 그리고 평화로움을 사랑한달까? 그러니 시끌벅적한 집안 분위기에 적응하는 방법은 딱 하나, 바로 귀를 막고 사는 것뿐이다.

무턱대고 쏟아지는 소음을 애써 무시하는 데 한계가 올 즈음이면 아무도 몰래 집을 빠져나간다. 그렇다고 거리로 뛰쳐나가 마음껏 쏘다닌다는 건 아니다. 그럴 수 있다면 더없이 좋겠지만, 부모님은 내가 아직 어리다는 이유로 그것만은 절대로 허락해 주지 않는다. 바깥세상에는 굶주림에 찌든 범죄자가 득실댄다면서……. 그래서 옥상으로 올라간다. 뭐, 대단한 게 있는 건 아니다. 딱히 할 일이 있는 것도 아니고. 적어도 그곳은 조용하니까.

나는 자리에서 일어나 조용히 옥상으로 올라갈 준비를 했다. 조카 카마라의 폭신한 부츠를 신은 다음, 아빠의 개털 코트를 어깨에 걸쳤다. 그다음엔 두꺼운 양말을 장갑 대신 두 손에 한 짝씩 꼈다. 엄마는 추운 날엔 밖에 나가지 않으면 되니까 굳이 장갑이 필요하지 않다고 우기며 기어이 사 주지 않았다. 뭐, 이런 상황은 상상하지 못할 테니까.

평소에 나는 온종일 집 안에 틀어박혀 공부를 하거나 혼자 시간을 보낸다. 관심 있는 분야의 책을 읽을 때나 어떤 주제에 관해 조사를 할 때, 또 흥미로운 숙제를 할 때를 빼곤 늘 지루하다.

그나마 뭔가에 정신이 팔려 있을 때라야 어딘가로 탐험을 떠나는 듯한 기분이 들어서 숨통이 조금 트인다. 옥상에 잠시 다녀오는 것으로 기분 전환을 시도해 보곤 하지만 어김없이 여기, 복잡한 도시, 사람들로 바글대는 초고층 건물, 그러니까 우리 가족이 복작대는 이 집으로 돌아와야만 한다. 나는 정말이지 낯선 곳에 가서 새로운 일들을 경험하고 싶다.

일단은 고등학교를 마쳐야 한다. 나는 지금 열여섯 살이지만 또래보다 한 학년 앞서 고등학교 1학년 과정을 배우고 있다. 솔직히 영재 학교의 온라인 수업은 '환경'이나 '과학' 과목을 빼면 대부분 시시하다. 나는 지나간 시절의 세상에 대해 관심이 많다. 옛사람들의 단순했던 삶을 엿보거나, 야생 동물이 뛰놀던 생태계에 관해 공부하는 것을 좋아한다.

그때는 모든 것이 지금과는 사뭇 달랐다. 지금은 2066년이다. 불과 2000년이나 2025년, 심지어 2050년과도 판이하게 다르다.

어마어마하게 빠른 속도로 환경이 변화한 탓에, 그때와는 완전히 다른 세상이 펼쳐지고 있기 때문이다.

나는 발뒤꿈치를 들고 거실을 살금살금 지나갔다. 다들 조그마한 칸막이 속에 몸을 욱여넣은 채 입체 음향 시스템이 장착된 헤드셋을 머리에 쓰고 일하느라 바빴다. 내가 지나가든 말든 아무도 개의치 않았다. 그래도 부모님 쪽은 일부러 피했다. 그분들은 뒤통수에도 눈이 달린 게 틀림없었다. 언제든 나를 홱 낚아채 붙들어 앉힐 수 있다.

하지만 내가 누군가! 마치 투명 인간인 것처럼 그 누구의 눈에도 띄지 않고 집을 탈출하는 데 성공했다. 나는 곧바로 옥상으로 향하는 계단을 올랐다. 한 번에 두 계단씩 성큼성큼 뛰어올랐다. 시멘트 계단은 한겨울의 냉기를 그대로 품고 있었다. 아직은 실내인데도 차가운 입김이 훅 뿜어져 나왔다.

꼭대기까지 가면 운동량이 상당했다. 나는 운동 삼아 계단을 일부러 뛰어 올라가곤 했다. 나중에 모험을 떠나려면 건강하고 강해져야 하니까! 내 꿈은 그린란드의 여러 도시를 둘러본 뒤 세계 곳곳을 탐험하는 것이다.

마침내 99층 계단에 이르렀다. 잠시 멈춰 서서 숨을 고르며 내 행운의 부적을 바라보았다. 주인 없는 거미줄이 그 주인공이었다. 거미줄은 내가 옥상에 처음 올라왔을 때부터 줄곧 여기에 있었다. 표면이 울퉁불퉁한 회색 벽면 한 모퉁이에 아슬아슬하게 매달린 채.

거미줄에는 먼지가 뽀얗게 앉아 있었지만 그 자체로 더할 나위 없이 완벽해 보였다. 믿기 힘들 정도로 온전하다고나 할까? 그곳에 거미가 살면 얼마나 좋을까? 진짜로 살아 있는 곤충을 관찰할 수 있다면 끝내줄 텐데!

나는 장갑 삼아 낀 양말을 벗은 뒤, 손을 뻗어서 비단처럼 부드러운 거미줄의 감촉을 조심스레 느껴 보았다. 이토록 섬세한 줄을 만들어 내다니……, 새삼스레 거미가 대단하게 느껴졌다. 솔직히 양성인 내 몸으로는 뭘 만들어 낼 수 있을지 잘 모르겠다. 나는 남자이기도 하고 여자이기도 하다. 내 몸 안에 무엇이 들어 있든, 이토록 아름다운 거미줄을 엮어 내지는 못하겠지.

다시 계단을 터벅터벅 올라간 뒤, 옥상으로 나가는 문을 몸으로 힘껏 떼밀었다. 철문이 오늘따라 더 무겁게 느껴졌다. 바람이 다른 날보다 더 세차게 부는 모양이었다. 끙 소리를 내뱉으며 온 힘을 다해 떠밀자 겨우 몸이 통과할 수 있을 만큼의 틈이 생겼다. 나는 작고 말라서 원하는 곳이라면 어디든 몸을 밀어 넣을 수 있었다.

그냥 어디로든 떠날 수만 있다면 좋을 텐데! 지구를 구석구석 속속들이 여행하고, 달에 있는 우주 호텔에서 여가를 즐기고, 화성으로 가는 우주선을 타 보고 싶다. 하지만 나는 지금 여기에 있다. 콜 센터를 운영해서 겨우겨우 먹고사는, 한시도 조용할 날 없는 가족과 함께 암울한 도시 샤메드에 갇혀 지내는 신세인 것이다.

바람이 어찌나 매섭게 부는지 얼굴이 다 얼얼했다. 카마라의 물개 가죽 두건을 가져오지 않은 걸 후회하면서 옷에 달린 모자를 깊숙이 뒤집어썼다.

나는 아무도 없는 널따란 옥상을 가로질러 태양 전지판 사이에 놓인 작은 벤치로 갔다. 나만의 비밀 장소였다. 그곳에서 바람을 피하며 오후의 따뜻한 햇볕을 쬐자 몸이 사르르 녹으면서 자못 편안해졌다. 모자를 벗고 햇빛을 향해 얼굴을 쳐들었다.

요즘은 지구의 어느 곳이든 겨울이 온화하고 짧지만, 한때 이곳 그린란드의 겨울은 무자비하게 추웠다. 그땐 누구도 3월에 이렇듯 밖에 나와 앉아 있을 생각을 하지 못했다. 더구나 얼굴을 훤히 내놓는다는 건 상상도 못 할 일이었다.

몸이 어느 정도 따뜻해지자, 하고 싶은 일이 번뜩 떠올랐다. 나는 제3차 세계 대전 때 아빠가 사용했던 쌍안경을 꺼내 들고 거리를 살펴보았다. 일하는 사람들은 대부분 헤드셋을 쓴 채 집 안에 있을 터였다. 이 시각에 밖에서 서성이는 이들 가운데 열에 아홉은 노숙자가 틀림없었다. 세계적으로 경제가 어려워지면서 많은 사람이 직장을 잃고 거리로 내몰렸다. 그러니 우리 가족에게 일이 있다는 것은 정말이지 큰 행운이었다.

누더기를 걸친 노숙자 두 명이 차디찬 보도에 나란히 앉아 구걸을 하고 있었다. 지나가던 행인이 그들에게 뭔가를 건넸다. 정확히 알 수는 없지만 납작하고 네모난 걸로 보아 책인 듯했다. 하지만 책은 굉장히 귀한 물건이기 때문에 누군가에게 쉽사리 기부할 수 있는 게 아니었다. 행인이 자리를 뜨자마자 그 물건을 두고 노숙자들끼리 싸움이 붙었다. 나는 지루해질 때까지 그 광경을 지켜보았다.

오늘따라 날씨가 무척 혹독했다. 자기 몸보다 훨씬 큰 옷을 겹겹이 껴입은 아이들이 추위를 피하기 위해 건물 현관 앞에 옹기종기 모여 있었다. 그걸 보니 괜스레 미안해졌다. 집과 스크린이 없으면 공부는 물론, 이 도시에서 할 수 있는 게 아무것도 없었다.

가슴이 답답해서 하늘을 올려다보았다. 아무것도 없이 그저 텅 비어 있었다. 늘 그랬다. 이 도시에는 나무가 별로 없어서 새도 찾아보기가 힘들었다. 칙칙한 잿빛 하늘만이 끝없이 펼쳐져 있었다.

근처의 건물들을 쌍안경으로 쭉 훑다가, 커튼이 열린 창문을 발견하고 슬며시 훔쳐보았다. 다른 사람들은 어떻게 살아가는지 궁금했다. 가끔씩 방 안에서 왔다 갔다 하는 사람들이 보였다. 그럴 때면 그들을 주인공으로 해서 이야기를 지어 내곤 했다.

내가 만든 이야기 속에 등장하는 여자들은 하나같이 우리 엄마처럼 가족들 뒤치다꺼리로 하루를 다 보냈다. 반면에 남자들은 흥미로운 일에 빠져서 지루할 틈이 없었다. 이야기 속에서조차 이런 모습이라니……, 어쩐지 씁쓸했다.

우리 집보다 남쪽에 자리한 건물에는 내 또래로 보이는 아이들이 살았다. 아마도 한 명은 여자, 다른 한 명은 남자인 듯했다. 요즘은 많은 아이가 양성으로 태어나기 때문에 외모만 보고서 성별을 알아맞히기는 어려웠다. 한 아이는 곱슬머리이고 다른 아이는 긴 생머리인데, 그것만 빼면 둘이 아주 비슷하게 생겼다. 어쩌면 쌍둥이일지도 몰랐다.

그 애들은 공부도 같이하고 밥도 늘 함께 먹었다. 온종일 붙어 있으면서도 할 이야기가 많은지, 언제나 속닥속닥 수다를 떨었다. 서로를 쿡쿡 찌르며 장난을 걸기도 하고, 웃기는 표정을 지으며 깔깔거리기도 했다. 그런 모습을 보고 있노라면 종종 우울해졌다. 나에게도 저런 가족이 있으면 좋으련만.

언니와 오빠들은 나보다 나이가 훨씬 더 많았다. 게다가 벌써 이십 대인 조카가 두 명이나 있었다. 엄마 말로는 내가 태어난 게 굉장히 뜻밖의 일이었다나? 그럴 만도 했다. 엄마는 여든 살이 훌쩍

넘은 뒤에 나를 낳았으니까. 뭐, 그렇게 치면 엄마에게 내 또래의 증손자가 있는 것도 전혀 무리한 일은 아닌 셈이다.

오늘은 웬일인지 쌍둥이가 보이지 않았다. 다른 집도 딱히 볼만한 게 없었다. 옥상에는 차가운 바람만 요란하게 불어 댔다. 생명력이라곤 눈곱만큼도 찾아볼 수 없이 회색으로 뒤덮인 옥상들의 물결이라니. 뉴욕과 마이애미, 파리, 상하이 같은 대도시의 옛날 건축물 사진에서 본 풍경들은 이제 온데간데없었다. 사람도, 가구도, 타일로 마감한 수영장이나 예쁜 정원 같은 것들도. 마치 텅 빈 주차장처럼, 보이는 거라곤 오직 자갈과 아스팔트뿐이었다.

밀레니엄 시대 초기만 해도 많은 도시의 건물 옥상에 레스토랑과 전망대가 있었다. 별들 가까이에 앉아 식사를 하다니……, 얼마나 멋졌을까? 파란 하늘을 올려다보거나 건물 아래의 꽃이 만발한 초록빛 공원을 내려다보는 것, 혹은 새들이 나뭇가지에 살포시 앉아 지저귀는 소리를 듣는 것. 상상만으로도 온몸이 짜릿해질 만큼 아름다운 광경이 아닌가?

우리 부모님이 어렸을 적에는 세상에 생기가 넘쳐흘렀다고 한다. 지금 내가 사는 세상과는 완전히 딴판이었으리라. 그런 생각을 하다 보면 억울한 마음이 불덩어리처럼 치솟았다. 나는 스파이처럼 쌍안경으로 남의 집들을 훔쳐보다가 한숨을 푹 내쉬었다.

"기분이 안 좋은 모양이구나?"

낯선 목소리에 깜짝 놀라 벤치에서 후다닥 뛰어 내려왔다. 그 바람에 가슴팍에서 흔들리던 쌍안경에 턱을 세게 얻어맞았다. 계단을 뛰어오를 때보다 심장이 더 빨리 요동쳤다. 지금껏 이곳에 올라오는 사람은 나 말고 아무도 없었는데…….

붉은빛이 도는 백발의 할아버지가 겨우 몇 발자국 떨어진 곳에서 있었다. 덥수룩한 수염 아래로 느끼한 미소가 번져 나왔다. 우리는 말없이 몇 초간 서로를 멀뚱멀뚱 쳐다보았다. 그때 청회색 비둘기 한 마리가 날아와 할아버지의 오른손 위에 살포시 앉았다. 내가 기겁을 하며 뒤로 물러서자, 할아버지가 씩 웃었다.

"기다려 봐. 녀석들이 더 올 테니까."

그러자 이번엔 통통한 갈색 비둘기가 할아버지의 왼쪽 어깨에 날아와 앉았다. 할아버지가 얼굴을 돌리지 못한 채 곁눈질하는 모습이 너무나 우스꽝스러워서 나도 모르게 웃음이 터져 나왔다.

"저기 봐!"

말이 끝나기가 무섭게 흰 비둘기가 날아와 할아버지의 머리 위에 철퍼덕 앉았다. 할아버지가 활짝 웃으며 말했다.

"그렇지!"

괴짜 할아버지와 비둘기

비둘기 수십 마리가 더 날아와 옥상 곳곳을 활보하고 다녔다. 할아버지가 주머니에서 과자 부스러기를 한 줌 꺼내 바닥에 흩뿌렸다. 비둘기들이 쪼르르 달려들었다. 할아버지 팔뚝에 앉아 손바닥에 있는 먹이를 쪼아 먹는 녀석도 있었다. 얼마 안 가서 할아버지의 옷이 비둘기 똥으로 뒤덮였다. 마치 홀치기염색을 한 듯했다.

"완전 똥밭이네요. 너무 비위생적이에요."

나는 말을 그렇게 하면서도 자석에 이끌리듯이 할아버지 곁으로 다가가 새들을 관찰했다. 그렇지 않아도 윤기가 반지르르 흐르는 깃털들이 햇살 아래에서 더욱 반들거렸다. 나도 모르는 사이, 그 아름다움에 푹 빠지고 말았다.

"새똥이 아무렇지도 않으세요?"

할아버지가 어깨를 으쓱하자, 머리 위에 앉은 흰 비둘기가 짜증이라도 난 듯이 구구거리며 폴짝 뛰었다.

"비가 오면 다 씻겨 내려갈 텐데, 뭐. 재활용까지 할 수 있으면 더 좋고."

처음엔 그저 우스갯소리라고 생각했다. 그런데 산타클로스처럼 두 볼이 발그레한 할아버지의 표정이 자못 진지해 보였다. 그러면서도 연푸른색 눈빛이 장난기로 반짝이고 있어서, 진담인지 농담인지 도무지 구별할 수가 없었다.

"비둘기들을 훈련시키셨어요? 어떻게 불러 모으신 거예요? 대체 어떻게 했기에 이렇게 가만히 앉아 있어요?"

비둘기들을 훈련시키는 게 쉬울 리 없었다. 녀석들은 내가 다가가려고 할 때마다 잽싸게 달아나기 바빴다. 그 예쁜 새를 손으로 쓰다듬어 보고 싶었는데…….

"비둘기에게 뭘 주시는 거예요? 그렇게 손바닥을 쪼이면 아프지 않나요?"

할아버지가 껄껄 웃었다.

"아이고! 질문은 한 번에 하나씩 천천히 하도록 해. 이 아이들은 내가 시간을 들여 조금씩 훈련시킨 거야. 인내심을 갖고서 오랫동안……. 나에게 다가오면 먹이를 주면서 말이야. 언제든 가까이 오도록 내버려 뒀지. 손이 아프지 않느냐고? 전혀. 한번 해 보겠니?"

그러고 싶기도 하고, 그렇지 않기도 했다. 위생은 엄청나게 중요한 문제였다. 세균 같은 건 절대로 집 안에 들여서는 안 되었다. 친척들까지 일고여덟 명이 콩나물시루처럼 한집에 복닥거리며 모여 사는데, 행여나 병이라도 옮았다가는 한꺼번에 전염되기 십상이었다. 더욱이 우리 집은 함께 일하며 생활비를 벌기 때문에, 그런 일이 생겨서 일을 하지 못하게 되면 생계에 큰 타격을 입었다.

결국 나는 고개를 저으며 한 발짝 뒤로 물러섰다. 할아버지는 내가 갈등하고 있다는 것을 눈치챘지만 더 이상 강요하지 않았다. 비둘기한테 그랬듯이 나에게도 인내심을 보여 주었다.

"여긴 왜 올라오셨어요? 옥상엔 저 말고 아무도 올라오지 않는 줄 알았거든요. 혹시 이 건물에 사세요?"

사실 할아버지가 여기에 산다고 해도 내가 알 리 없었다. 100층이나 되는 이 건물에는 층마다 아파트와 사무실이 뒤섞여 있는 데다 어마어마하게 많은 사람이 모여 살았다. 애초부터 아는 사람이 몇 안 되었다. 건물 안에 작은 도시가 자리하고 있다고 해도 과언이 아니었다. 이따금 계단이나 엘리베이터에서 마주치는 사람들도 있지만, 하나같이 나를 보고도 모르는 척했다.

하지만 할아버지는 좀 달랐다. 일단 나를 똑바로 바라보았다.

"오늘 여기에 올라온 건 닭장이 있다는 소리를 들어서야. 이 아이들에겐 쉼터가 필요하거든. 쉼터가 있으면 모두 모아 놓고 훈련을 할 수가 있지."

"닭장이 뭐예요?"

"이리 와 봐."

할아버지는 걷는 동안에도 주머니에서 뭔가를 꺼내 계속 바닥에 흩뿌렸다. 그때마다 비둘기들이 날개를 퍼덕이며 내려와 먹이를 쪼아 먹었다. 먼저 낚아채려고 서로 밀치기도 했다.

바람이 어찌나 거세게 얼굴을 후려치는지 눈물이 핑 돌았다. 하지만 이야기를 나눌 상대가 생긴 게 너무 좋아서 그깟 추위 따위는 아무렇지도 않았다.

옥상의 서쪽 벽면에 이르자 마침내 그것이 보였다. 나무 기둥과 철망으로 만든 닭장은 높이가 1.8미터 이상 되어 보였다. 가로 길이는 족히 3.6미터쯤 될 정도로 크기가 어마어마했다. 군데군데 녹이 슨 금속 지붕에는 구멍이 숭숭 뚫려 있었다.

옥상에 이런 게 있다는 걸 여태 몰랐다니! 사실 이쪽 방향에서는 우리 동네보다 더 찢어지게 가난한 웨스트 샤메드의 빈민촌이 잘 보이는 까닭에 굳이 발길을 하지 않았다. 그 동네를 보고 있으면 더 우울해지니까.

"한때는 닭장이었을지 몰라도 앞으로는 비둘기장이 될 거야."

할아버지가 철망으로 된 문을 활짝 열었다. 텅 빈 내부는 어두컴컴했는데, 널빤지를 이어 붙인 바닥에선 썩은 내가 진동했다. 한마디로 아주 볼품없었다.

"한동안 여기서 지내면서 손을 좀 봐야겠어. 그다음엔 이 아이들을 전서구(통신에 이용하기 위해 훈련시킨 비둘기)로 훈련시킬 거야."

전서구가 뭔지는 정확히 모르지만, 아마도 새 드론 같은 걸 말하는 듯했다. 하지만 그런 게 요즘 세상에 쓸모가 있나? 우리에게 필요한 것은 진짜 드론이 다 배달해 주는데.

그런데 여기에서 지내겠다는 말이 진심일까? 이 겨울에, 옥상에서, 그것도 다 낡아 빠진 닭장에서?! 조카들과 방을 같이 쓰는 내 처지를 두 번 다시 불평하지 않겠다고 속으로 조용히 다짐했다.

"날 돕고 싶다면 언제든지 환영이야. 프로젝트를 함께하는 건 즐거운 일이니까! 우리가 사는 세상을 더 멋진 곳으로 만드는 생산적인 일이라면 더더욱 그렇지. 이 닭장을 고치면 내 비둘기들을 위한 보금자리가 생길 거야. 비둘기 훈련소라고 해도 좋겠구나. 어때, 관심 있니? 참, 소개가 늦었는걸. 내 이름은 레드야."

할아버지가 잠자코 내 대답을 기다렸다.

솔직히 그 프로젝트에 동참하고 싶었다. 우리 가족이나 학교 숙제와는 상관없는 일이라 더욱 끌렸다. 스크린이나 나 자신이 아닌, 다른 사람과 무언가를 함께하고 싶었다. 지금까지 해 보지 못한 일이었다. 하지만 큰 문제가 있었다. 할아버지는 나이도 너무 많고 지저분한 데다 세균을 옮길 위험이 있다는 것. 재미있고 점잖았지만 괴짜 같았다. 멋진 괴짜! 그래도 괴짜는 괴짜였다.

그 순간 흰 비둘기가 날아와 다시 할아버지의 머리 위에 사뿐히 내려앉았다. 우리는 동시에 웃음을 터뜨렸다.

"하얀 녀석이구나! 고스트 뷰티, 맞지?"

나는 고개를 끄덕였다.

"그런 것 같아요. 흰 비둘기예요."

"이 녀석은 알비노야. 선천성 색소 결핍증에 걸린 아이지. 아주 드문 경우일걸. 예전에 마술 쇼 같은 데서 공연용으로 쓰다가 풀어 준 것 같아. 아니면 힐스에서 결혼식 때 날린 걸 수도 있고."

힐스는 부유한 사람들이 모여 사는 동네였다. 사생활을 무척 중시하기 때문에 아무리 검색해 봐도 스크린에 사진 한 장 나오지 않았다. 들리는 말로는 그곳 사람들은 널따란 마당이 있는 단독 주택에 산다고 했다. 몇몇 국회의원들을 비롯해 이 지역의 시장도 힐스에 살았다. 그런 사람들만 결혼식 때 흰 비둘기를 날릴 수 있었다. 그뿐만 아니라 그들은 우리와 달리 진짜 음식을 먹는다는 소문이 돌았다. 진짜 음식은 어떤 맛일까? 상상만으로도 입 안에 침이 고였다.

레드 할아버지가 손을 뻗어 흰 비둘기를 쓰다듬자, 녀석이 두 눈을 감고 흡족한 듯이 미소를 지었다. 진짜다!

"비슷한 아이가 있으면 한 쌍으로 같이 키우고 싶어. 다른 흰 비둘기가 이 무리에 들어온다면 말이야."

"그럼 정말 좋겠네요."

해 질 무렵이 되자 날이 부쩍 추워졌다. 몸이 덜덜 떨렸다. 이제 집으로 돌아가 몸을 녹인 뒤 식사 준비를 도와야 했다.

"어쩌면 내일 수업이 끝난 뒤에 다시 올 수 있을지도 모르겠어요. 작업을 어떻게 하시는지 보고 싶어요."

할아버지가 씩 웃었다.

"그럼 나야 좋지. 혹시 집 안에 굴러다니는 쓰레기가 있거든 좀 가져와 줄래? 나도 내일은 나가서 쓰레기통을 좀 뒤져야겠어. 요새는 쓰레기도 얻기가 쉽지 않아. 나 같은 사람은 필요한 걸 어떻게 구하라는 건지, 원."

그랬다. 이곳 사람들은 가구나 옷, 전자 제품, 장난감 등 자기가 쓰던 물건들을 다른 사람에게 물려주거나 필요 없어지면 내다 팔았다. 물건을 재사용하는 건 아주 당연했다. 나에게 더 이상 필요 없는 물건이라 해도 누군가에겐 꼭 쓸모 있기 마련이니까.

새 의자가 필요하면 헌 의자를 가져가 약간의 돈을 지불한 뒤 새 것과 교환했다. 그러면 쓰던 의자는 낱낱이 분해되어 누군가에게 유용한 물건으로 다시 만들어졌다. 만일 내가 버릴 물건을 살 사람을 찾지 못하면 거리에 사는 이들에게 기부하면 되었다. 그들에게는 언제나 쓸모가 있을 테니까. 이제는 쓰레기도 귀한 세상이 되었다. 가난한 사람은 쓰레기조차 가질 수 없었다.

할아버지가 마지막으로 부탁했다.

"종잇조각이나 재활용 폐지, 음식 포장 용기 같은 것들이면 아무거나 괜찮아."

나는 할아버지가 여전히 제정신이 아니라고 생각하면서도 순순히 알겠다고 대답했다. 그리고 작별 인사를 한 다음에 옥상 문을 향해 성큼성큼 걸어갔다. 바람이 얼굴을 세차게 후려치는 바람에 금세 눈물이 고였다. 그런데도 어쩐지 마음 한편이 든든했다. 나는 콧노래를 부르며 춤을 추듯이 계단을 폴짝폴짝 뛰어 내려갔다. 그 어느 때보다도 행복했다.

3D 프린터로 차린 저녁 식사

집 안은 따뜻하고 활기가 넘쳤다. 엄마는 저녁 식사를 준비했고, 아빠는 헤드셋을 낀 채 여기저기 휘젓고 다녔다. 언니는 조카와 수다를 떨었다. 잰 오빠는 누군가와 통화를 하며 주먹을 불끈 쥔 채 팔을 치켜들고 있었다. 통화 중이니 다들 입 다물고 조용히 하라는 뜻이거나, 아니면 새로운 고객을 낚아서 계약을 따내는 중이라는 신호일지도 몰랐다.

하지만 아무도 오빠에게 관심을 보이지 않았다. 지금껏 밖에 나갔다 들어온 나에게도 관심 없기는 매한가지였다. 여느 때와 같은 난리 통 속에서 종종걸음을 치며 방으로 달아났지만 아는 체하는 사람은 한 명도 없었다.

"그거 내 부츠잖아! 몇 번 안 신은 건데, 왜 남의 부츠를 마음대로 신는 거야?"

이층 침대 위층에 누워 휴대용 스크린을 보고 있던 카마라가 짜증 섞인 목소리로 버럭 소리를 질렀다. 그러고는 숱 많은 금발을 휘날리며 몸을 벌떡 일으켜 앉았다. 제니 언니의 딸이자 내 조카인 카마라는 올해 스물다섯 살로, 키가 훤칠하게 크고 호리호리한 데다 아주 예뻤다. 남자 친구인 프레슬리는 '익스트림 문'에서 일하는데, 지금 뉴질랜드 기지에서 출발해 업무차 달로 이동하는 중이었다.

카마라는 프레슬리가 청혼하는 순간, 뒤도 안 돌아보고 빛의 속도로 이 집을 나갈 것이 뻔했다. 언제나 자기만의 공간을 꿈꿔 왔으니까. 그래 봤자 결국 프레슬리네 가족과 함께 살게 될 거면서……. 프레슬리네 가족은 호주 오지의 또 다른 이주민 지역에 있는 초고층 아파트에 살았다. 여섯 번째 해수면 상승이 있고 나서 가족 모두 그곳으로 이민을 갔다.

카마라의 구박에 부츠를 냅다 던져 버리고 싶은 마음이 굴뚝같았지만 꾹 참고서 조심조심 한 짝씩 벗었다.

"네 거였어? 바닥에 뒹굴고 있어서 그냥 신은 건데."

"거짓말하지 마. 훔쳐 신은 거잖아! 할아버지 코트도 자기 마음대로 입었으면서. 아주 말세야, 말세!”

카마라는 과장이 심했다. 신발을 잠시 빌려 신었을 뿐인데, 그게 말세를 부르짖을 일인가? 나는 눈을 내리깐 채 아빠의 코트를 벗었다. 말싸움을 해 봤자 나만 손해였다. 조카들은 말싸움이라면 누구에게도 지지 않았으니까.

입을 꾹 다물고 카마라의 부츠를 벽장 속에 넣은 다음 서둘러 주방으로 갔다. 엄마는 3D 프린터 앞에서 저녁 식사가 나오기를 기다리며 발을 동동 구르고 있었다. 기계와 씨름하느라 얼굴이 발그레하게 상기되어 있었다. 사실 엄마는 요리하는 것을 정말 싫어했다. 그래서 내가 매일 밤 저녁 준비를 도우러 나와야 했다. 엄마한테는 나같이 3D 프린터를 잘 다루는 빠릿빠릿하고 젊은 보조가 필요했다.

“엄마, 뭐 하세요?”

엄마가 가느다란 팔로 나를 꼭 끌어안았다.

“이런, 몸이 꽁꽁 얼었네. 또 옥상에 올라갔다 왔니?”

엄마가 혀를 차면서 손으로 내 등을 살살 문질러 주었다.

“맛있는 텍사스 칠리를 만들려고 하는데 잘 안 되네. 또 버튼을 잘못 누른 모양이야.”

내가 처음부터 다시 시작해도 되는지 묻자, 엄마가 음식 재료를 담았던 포장 용기를 건넸다. 용기 앞면에는 '맛있는 텍사스 스타일 칠리 요리 : 영양가 높은 저지방식'이라는 글씨가 있었고, 뒷면에는 조리 방법이 적혀 있었다.

"어떻게 하는지 잘 알지?"

엄마가 내 나이였을 때만 해도 컴퓨터가 있는 집이 거의 없었다고 한다. 하물며 음식을 만들어 내는 프린터는 상상도 못 했을 것이다.

"네가 하는 걸 잘 봐 둬야겠다. 그래야 다음번에는 제대로 하지."

엄마는 늘 그렇게 말했다.

나는 빙긋 웃으며 임무에 착수했다. 먼저 엄마가 작동시킨 걸 취소한 다음, 포장 용기에 적힌 설명을 보고 하나씩 따라 했다. 그러고는 음식 캡슐을 넣고 마지막으로 작동 버튼을 눌렀다. 얼마 지나지 않아서 자극적인 콩 소스 냄새가 주방 가득 퍼졌다. 나는 어제저녁에 먹다 남은 콩 빵을 꺼내 오븐에 넣고 데운 뒤 서둘러 식탁을 차렸다.

엄마가 식구들을 불러 모으는 사이에 포장 용기를 헹구며 포장지를 꼼꼼하게 살펴보았다. 그 어디에도 원재료명이 나와 있지 않았다. 포장 용기에 적힌 정보에는 칠리 요리가 심장에 좋고, 시력 손상을 방지하며, 사회생활을 원활히 하는 데 도움이 된다고만 쓰여 있었다. 정작 왜 그런지에 대한 설명은 없었다.

나는 칠리 요리 안에 실제로 뭐가 들어 있는지가 궁금했다. 진짜 콩이나 고기, 양파, 토마토 같은 게 들어 있을 리는 없었다. 포장 용기 앞면에는 붉은색 글씨로 이렇게 적혀 있었다.

세상 사람들은 다 이렇게 먹습니다!

나는 축축한 포장 용기를 납작하게 접어서 바지 주머니에 대충 쑤셔 넣었다. 레드 할아버지에게 가져다줄 생각이었다.

거의 여섯 시가 다 되어서야 식탁 앞에 앉았지만, 잰 오빠는 여전히 통화 중이었다. 카마라 역시 코빼기도 비치지 않았다. 뺄 것도 없으면서 체중을 더 줄이려고 얼마나 애쓰는지……. 바보같이 에너지 알약만 깨작거리고 다이어트 워터만 홀짝댔다.

조안 언니도 어디 갔는지 보이지 않았다. 언니는 콜센터에서 일하지 않을 때면 웨스트 샤메드에 가서 봉사 활동을 했다. 남자를 찾지 못한 미혼 여성들이나 부모를 떠나 혼자 사는 여자들이 보통 그런 일을 했다. 예순여덟 살인 언니는 엄마를 닮아서 친절하고 상냥했다. 엄마보다는 훨씬 더 독립적이었지만.

나이가 들면 조안 언니처럼 살고 싶지, 결코 엄마처럼 되고 싶지는 않았다. 세상 밖으로 나가서 많은 일을 하고 싶었다. 집에서 식구들을 돌보는 건 정말로 하기 싫었다. 엄마는 일생을 다른 사람 뒤치다꺼리만 했다. 평생토록 아는 도시라고는 여기와 플로리다뿐이었다. 플로리다는 그린란드로 이사 오기 전까지 살았던 곳이다.

다들 시끌벅적하게 떠들고 있었지만 나는 혼자만의 생각에 푹 빠졌다. 어렸을 때는 길게 기른 머리를 땋고 짧은 원피스를 입으며 천생 여자아이처럼 지냈다. 하지만 가족을 돌보며 희생하는 엄마를 보니, 여자의 삶이라는 게 썩 좋아 보이지 않았다. 물론 집에서 가족을 돌보며 집안일을 하는 걸 좋아하는 아이들도 있지만, 내 성향과는 맞지 않는 것 같았다.

게다가 제니 언니처럼 남자한테 목매면서 살고 싶지도 않았다. 올해 마흔아홉 살인 제니 언니는 벌써 결혼을 세 번이나 했다. 지금은 최근에 만난 부자 남자 친구와 함께 유람선을 타고 세계 일주를 하는 중이다. 그것도 카마라와 틸라라는 유별나디 유별난 두 딸을 이 집에 남겨 두고서 말이다.

그래서 나는 머리카락을 짧게 자르고 남자아이가 되는 게 어떨지 고민하고 있다. 남자가 되면 집 밖에서 일할 수 있을 뿐만 아니라 가족을 위해 시시콜콜한 뒷바라지를 하지 않아도 될 테니까. 양성으로 태어나면 성별을 스스로 결정할 수 있어서, 원한다면 언제든 남자가 될 수 있었다. 아직 확실하게 결정을 내린 건 아니지만, 요즘 들어 부쩍 남자가 되는 쪽으로 마음이 기울고 있었다. 머릿속이 복잡하긴 했다. 그래도 중대한 일을 스스로 선택하고 결정할 수 있다는 게 얼마나 다행인지…….

마침내 아빠가 식탁 상석에 앉자 저녁 식사가 시작되었다. 나는 식사 시간에도 그저 투명 인간처럼 가만히 앉아 있었다. 배도 고프지 않을뿐더러 맛없는 음식을 먹고 싶지도 않았다. 3D 음식은 냄새만 그럴듯할 뿐 맛은 다 그렇고 그랬다.

아빠는 성난 목소리로 새로운 세금 정책에 대해 불만을 쏟아 냈다. 입에 겨우 풀칠만 하고 살아가는 우리 같은 사람들에게 너무 가혹하다면서 침통한 얼굴로 고개를 절레절레 저었다.

"제니가 여기저기 싸돌아다니지 말고 다시 결혼을 해야 할 텐데……."

그 말인즉슨 우리가 계속해서 제니 언니네 식구를 먹여 살리기는 어렵다는 뜻이었다. 물론 틸라가 콜센터에서 자기 식구들 몫까지 열심히 일하고 있기는 하지만.

잠자코 있던 틸라는 얼굴이 벌게지더니, 손으로 식탁을 탁 내리쳤다.

"할아버지, 결혼을 하지 않은 여자들은 어쩔 수가 없잖아요. 엄마도 집을 구하려고 애쓰고 있다고요. 저도 제 몫은 하고 있잖아요!"

아빠가 얼른 고개를 끄덕였다.

"그래, 맞아. 널 탓하려는 게 아니야. 넌 아주 잘하고 있으니까."

하지만 틸라는 분이 풀리지 않는지 손을 부들부들 떨었다. 틸라는 먹구름 같은 아이였다. 언제나 얼굴을 잔뜩 찌푸린 채 침울해했다. 자기 엄마가 부유한 남자들을 따라다니는 꼴을 봐야 하는 것도 모자라, 동생은 종일 침대에 누워 빈둥거리면서 잘나가는 우주 영웅한테 구원받기만을 기다리고 있으니……. 모른긴 몰라도 속이 터질 만했다.

아빠도 그걸 모르지 않았지만, 그보다 돈을 얼마나 많이 버는지를 더 중요하게 생각했다. 나는 그게 영 못마땅하면서도 한편으로는 이해가 되었다. 콜센터에서 꾸준히 돈을 벌지 못하면 아빠는 우리를 먹여 살릴 수도, 따뜻한 집에서 재울 수도 없기 때문이다. 그러고 보면 남자로 사는 것 역시 쉬운 일은 아닌 듯했다.

"허리띠를 좀 더 졸라매야겠어요."

엄마가 빵을 씹으며 거들었다.

나는 칠리 요리를 입에 넣고 억지로 꿀꺽 삼켰다. 다른 음식과 별반 다르지 않게 매운 판지를 씹는 듯한 느낌이었다. 허기를 대충 달래는 것 말고 음식을 먹으며 맛있다는 감각을 느껴 보고 싶었다. 사실 우리 가족은 다들 말랐지만, 초고층 건물에 사는 많은 사람이 과체중이었다. 3D 음식은 고열량인데도 별맛이 안 느껴져서 끊임없이 먹어 대기 때문이었다. 진짜 음식을 먹을 수 있는 사람들은 부자들뿐이었다. 우리 같은 사람들은 그저 공장에서 만든 3D 음식이나 먹고살 수밖에 없었다.

그때 잰 오빠가 백발을 휘날리며 식탁으로 성큼성큼 걸어왔다. 오빠는 일흔 살치고는 늘 활기가 넘쳤는데, 뭔가 좋은 일이 있는지 신이 나서 싱글벙글 웃고 있었다.

"한 건 했어요!"

오빠가 큰 소리로 외치고는 허리를 숙여 엄마의 머리에 입을 맞추었다.

"누구랑 계약이라도 한 거니?"

아빠 얼굴에도 금세 미소가 번졌다.

"모나코요! 지금 막 3년짜리 계약을 따냈어요. 축배를 들어야죠, 안 그래요?"

아빠와 오빠가 활짝 웃으며 악수를 하는 사이에 나는 자리에서 벌떡 일어나 샴페인을 가지러 갔다. 오늘처럼 사업상 좋은 일이 생길 때면 축하하기 위해 냉장고에 진짜 포도 맛이 나는 스프리처(백포도주에 소다수를 섞은 음료) 몇 병을 보관해 두었다. 주방에서 커다란 초록색 병을 챙기는 동안, 엄마는 특별한 날에만 쓰는 와인 잔을 꺼냈다.

"모나코가 3D 식품 회사 맞죠?"

그 이름을 스크린에서도, 음식 포장 용기에서도 본 적이 있었다.

엄마가 고개를 끄덕였다.

"어마어마한 대기업이지. 아마 미국에서 가장 큰 식품 회사일 걸? 식품 말고도 여러 제품을 판매해. 저녁 먹고 한번 찾아봐. 아주 흥미로울 거야."

나는 행복해 보이는 엄마의 볼에 입을 쪽 맞추었다. 엄마는 물론이고 아빠와 오빠, 그리고 나머지 식구들에게 고마웠다. 나는 우리 가족을 비롯해 모든 사람이 경제적 압박감에 시달리는 게 싫었다. 그래도 먹고살기 위해서는 열심히 돈을 벌어야만 했다. 샤메드뿐만 아니라 전 세계 이주민 도시의 사정도 별반 다르지 않았다. 셀 수 없이 많은 사람이 해수면 상승으로 모든 것을 잃었으니까. 여섯 번째 해수면 상승이 있기 전에 이곳으로 이주한 우리 가족은 다른 사람들에 비해 운이 좋은 편이었다.

샴페인을 들고 식탁으로 가 보니, 오빠가 아빠 옆에 서서 기다리고 있었다. 아빠는 샴페인을 반쯤 채운 잔을 식구들에게 나누어 준 뒤, 건배하자면서 잔을 높이 들어 올렸다. 그러고는 평상시처럼 일장연설을 늘어놓는 대신에 잰 오빠에게 한마디 하라고 했다. 주목받는 데 익숙지 않은 오빠는 깜짝 놀란 표정을 지었다. 집안의 대장은 늘 아빠였고, 오빠는 아빠의 오른팔이었다. 그런데 오늘은 오빠에게 대장의 임무를 맡긴 셈이었다.

"올해의 큰 성과 덕분에 이제 부모님이 한시름 놓을 수 있게 되었어요. 그동안 고생 많으셨습니다. 자, 건배합시다!"

모두 환호하며 건배한 뒤 느글거릴 정도로 달콤한 샴페인을 홀짝였다. 한꺼번에 왁다글닥다글 떠드는 통에 귀가 따가울 정도로 시끄러웠다. 나는 소음을 피해 디저트를 가지러 주방으로 갔다.

얼마 지나지 않아 잰 오빠가 집에 가 봐야 한다며 자리에서 일어섰다. 오빠는 퇴직자 전용 초고층 아파트에 살았다. 몇 년 전에 올케 언니가 세상을 떠났고, 하나뿐인 딸은 결혼해서 남편의 가족과 살았다. 나는 혼자 사는 오빠가 부러웠다. 일이 끝나기가 무섭게 이곳을 벗어나려 하는 걸 보면, 오빠도 혼자만의 시간을 빨리 누리고 싶어 하는 게 분명했다.

나는 3D 프린터로 미리 준비해 둔 과일 맛 디저트를 내온 뒤 양해를 구하고서 얼른 그 자리에서 빠져나왔다. 엄마가 스크린으로 모나코를 검색해 보라고 속삭이듯이 말했다.

모나코뿐만 아니라 비둘기와 새장에 대한 모든 정보를 속속들이 알아낼 작정이었다. 방에 들어가자마자 카마라한테 등을 돌린 채 책상 앞에 털썩 앉았다. 카마라는 스크린 속에만 존재하는 세상에 푹 빠져서 내가 들어오든 말든 신경도 쓰지 않았다.

그 모습을 보면서 이십 대 중반이 되더라도 이층 침대에 누워 에너지 알약으로 끼니를 때우면서 우주 연속극에 빠져 지내지는 않으리라고 굳게 다짐했다. 진짜 세상에 나가서 도움이 될 만한 일을 하리라. 그런 생각을 하면서 스크린을 띄우고 검색창에 '모나코'를 입력했다.

씨앗, 정원, 진짜 음식

다음 날은 옥상에 올라갈 생각에 그 어떤 것에도 집중하기가 힘들었다. 숙제를 후딱 해치우고 보충 학습까지 마치고 나자, 그제야 날아갈 듯이 속이 후련했다. 나는 두꺼운 양말과 슬리퍼로 중무장을 한 뒤 아빠의 코트를 집어 들고 서둘러 집을 나왔다. 아무리 껴입어도 옥상에 가면 추울 것 같아서 은근히 걱정이 되었다.

마지막 빙하가 녹기 전, 이 나라 대부분이 얼음과 눈으로 덮여 있었을 적에는 여름에도 무척 추웠다. 하지만 지금은 봄과 가을에는 잠시나마 온화한 날이 이어졌고, 여름은 플로리다의 겨울만큼이나 따뜻했다. 예전에 그린란드에서 살던 사람들은 이보다 더 혹독하게 추운 날씨 속에서 어떻게 견뎠을까? 그때만 해도 강인한 토박이들 외에 이곳에 사람이 거의 살지 않았다는 게 이해가 되고도 남았다.

우리 부모님이 어렸을 때 그린란드의 인구는 고작 오만 명 정도였다. 그나마도 내륙은 거주할 만한 곳이 아니어서, 사람들은 대부분 해안 지대에 살면서 생계 수단으로 물고기를 잡았다. 그 외에 몇몇은 양과 소를 키웠다. 그런데 세계적으로 항생제 내성 전염병이 돌면서 이곳의 가축들은 모두 죽어 버렸다. 바다의 물고기 개체 수도 금방 바닥을 드러냈다. 그 일로 젊은이들이 멀리 떠나고, 남은 이들이라곤 노인이나 에스키모, 원주민뿐이었다.

지금은 전 세계에서 몰려온 수백만 명의 사람들이 그린란드에 살고 있었다. 우리 가족을 포함한 대부분의 사람들은 동남부 해안을 따라 9.6킬로미터 내륙에 있는 이주민 지역의 초고층 건물에 살았다. 우리 부모님은 플로리다 강제 철수가 정해지기 전에 이곳으로 이주했다. 그땐 다행히 새 아파트가 많았고, 집값도 감당할 수 있는 수준이었다고 한다. 그 무렵 영구 동토층은 이미 사라졌지만 인구는 십만 명이 채 되지 않았다. 가족들은 이 도시에 깨끗한 물과 신선한 공기가 있었던 시절을 똑똑히 기억했다. 지금은 상상조차 하기 어려운 일이 되었지만…….

나는 시끌벅적한 집을 빠져나와 계단을 껑충껑충 뛰어 올라갔다. 레드 할아버지를 위해 모은 쓰레기를 가득 담은 가방도 챙겨 왔다. 엄마가 재활용에 소질이 없었다면 더 많은 쓰레기를 가져올 수 있었을 텐데.

환경의 역사를 배우면서 지구상의 그 어떤 곳보다 극지방의 기온이 훨씬 더 빠르게 상승했다는 걸 알게 되었다. 그린란드에서는 매해 수천억 톤의 얼음이 녹아서 사라졌다. 지표면 아래에 매장된 토탄에 불이 붙으면서 들불이 수개월 동안 계속되었다. 그런데도 누구 하나 해수면 상승을 멈추기 위한 노력을 하지 않았다니!

첫 번째 해수면 상승이 일어났을 때 가장 먼저 태평양의 작은 섬들이 바다 밑으로 가라앉았다. 그다음에 바다는 방파제 역할을 하던 섬인 보초도들을 차례차례 집어삼켰고, 뒤이어 해안 도시를 비롯해 해안 지대를 둘러싼 전 지역을 사라지게 했다.

거기서 끝이 아니었다. 내륙의 상당 부분이 물에 잠기면서 수많은 강이 범람했다. 조수 방지 시스템과 제방, 수로들이 물의 유입을 막기에는 역부족이었다. 마침내 여섯 번째 해수면 상승 시기에는 속수무책으로 당할 수밖에 없었다. 맙소사! 그때 내가 태어나지 않은 게 얼마나 다행인지!

계단을 씩씩거리며 오르다 보니 어느새 마지막 층계가 보였다. 저 문 너머에서 레드 할아버지가 구구 울어 대는 비둘기들과 함께 나를 기다리고 있으면 좋으련만. 할아버지는 비둘기들과 어떻게 친해졌을까? 아니, 도대체 녀석들을 어디에서 찾았는지 궁금해 죽을 지경이었다. 본래 산비둘기만 있는 그린란드에 집비둘기들이 어떻게 왔는지도 궁금했다. 이주민들을 따라서 온 걸까?

늘 그랬듯이 거미줄도 보고 숨도 고르려고 99층 계단에서 잠시 멈춰 섰다. 어젯밤 늦게까지 스크린 앞에 앉아 모나코에 대해 알아보느라 잠을 설쳤더니 유난히 더 피곤했다. 그 기업은 3D 식품뿐만 아니라 포장재, 3D 프린터, 배달용 드론, 심지어 3D 음식 재료의 씨앗에 이르기까지…… 우리가 먹는 음식과 관련된 거의 모든 것을 만들었다. 이를테면 콩이나 옥수수, '소야콘'이라고 불리는 식물의 씨앗, 화학조미료, 식용 색소, 방부제까지도. 정말이지 엄청난 초국적 기업이었다.

처음에는 우리 가족에게 더없이 좋은 기회가 왔다는 생각이 들었다. 그렇듯 힘 있는 고객이라면 일감을 많이 가져다줄 테니까. 그와 동시에 어째서 한 기업이 그렇게 많은 것들을 소유할 수 있는지 의문이 들었다. 모나코는 그들이 생산하는 식품에 대한 특허권뿐만 아니라 사용하는 모든 식물의 씨앗에 대한 특허권마저 갖고 있었다. 100억 인구를 먹여 살리는 데 필요한 음식을 오직 한 기업이 책임지는 게 말이 되는 걸까?

나는 숨을 한 번 깊이 들이마신 다음에 마지막 계단을 올랐다. 우리가 먹는 것 중에서 유전자 조작 식품은 얼마나 많을까? 척박한 토양과 모진 날씨에도 더 많은 수확물을 얻기 위해 씨앗들의 유전자는 인위적으로 변형되었다. 3D 음식은 유전자 실험실에서 조작을 통해 제조하거나 드넓은 땅덩어리에서 기계들이 생산한 재료들로 만들었다.

그런데 한 기업이 세계의 식물 대부분에 대한 권리를 갖고 있으니 음식 가격을 정하는 것도 그들의 몫이었다. 다시 말해 진짜 먹거리는 웬만한 사람들은 살 수 없을 정도로 비쌌다. 그에 비해 공장에서 생산된 3D 음식은 훨씬 저렴하지만 맛은 매우 형편없었다.

그런 생각들에 빠져 머릿속이 어수선해지는 바람에 그만 발을 헛디뎌 차가운 시멘트 계단에서 넘어지고 말았다. 나는 비명을 지르며 얼른 몸을 일으켰다. 차가운 입김이 훅 뿜어져 나왔다. 오늘도 바깥 날씨는 만만치 않을 듯했다. 그렇지만 옥상으로 나가야 했다. 할아버지에게 줄 쓰레기와 셀 수 없이 많은 질문들이 있었으니까.

철문을 힘껏 밀고 밖으로 나가자 세찬 바람에 떠밀려 몸이 휘청거렸다. 채찍질하듯이 얼굴을 자꾸 후려치는 거추장스러운 머리카락을 모자 속으로 잽싸게 밀어 넣은 뒤 옥상을 둘러보았다. 아무도 없었다. 레드 할아버지도, 비둘기도 없다는 걸 확인하자 심장이 쿵 내려앉았다. 나는 겨우 힘을 짜내서 차디찬 공기 속으로 한 발짝씩 내딛었다. 할아버지와 비둘기들이 어서 빨리 나타나기를 바라면서.

새장은 어제보다 깨끗했다. 바닥에는 침낭이 깔려 있었고, 쌓아 놓은 담요 옆에는 길쭉한 병이 꽂힌 갈색 가방이 하나 놓여 있었다. 구겨진 3D 감자칩 봉지도 보였다.

쌍안경을 가져온 게 그나마 다행이랄까? 할아버지를 기다리는 동안 벤치에서 바람을 피하고 이웃집을 염탐하면서 시간을 보낼 수 있을 듯했다. 어쩌면 쌍둥이가 뭔가 재미있는 일을 하고 있을지도 몰랐다. 일주일 전에 그 애들이 집에 망원경을 설치하는 걸 본 기억이 났다.

고개를 푹 숙인 채 걷다가 문득 엄청나게 많은 흰색 점들이 옥상 바닥에 추상화처럼 그려져 있다는 것을 깨달았다. 흰색 점은 새똥이었는데, 그 안에 작은 알갱이 같은 게 점점이 박혀 있었다. 몸을 숙여 자세히 들여다보니, 그 알갱이는 다름 아닌 씨앗이었다. 그것도 온전한 씨앗들이 엄청나게 많이 있었다.

비둘기들은 대체 어디에서 씨앗을 먹었을까? 갑자기 가슴이 두근거렸다. 나는 고개를 저으며 스스로에게 타일렀다.

'조니, 아니야. 그런 건 꿈도 꾸지 마.'

하지만 소용없었다. 머릿속에서 온갖 계획들이 세워지기 시작했으니까. 아니, 사실 그 계획은 이미 내 머릿속에 들어 있었다고 하는 게 맞을 것이다. 매력적인 계획에 사로잡힌 나머지, 몸에서 열이 나고 땀까지 흘렀다. 그런 생각을 하다니! 제정신이냐고 스스로를 타박해 봐도 어쩔 수 없었다. 한번 솟아난 생각은 사라질 줄 모르고 점점 더 머릿속 깊숙이 뿌리를 내렸다.

'씨앗, 정원, 진짜 음식.'

나는 손에 끼고 있던 양말을 벗으며 생각에 잠겼다. 새들이 씨앗을 먹고 있다는 건, 그것이 있는 곳을 발견했다는 뜻이다. 어쩌면 그 씨앗으로 진짜 먹거리를 재배할 수 있을지도 모른다. 바로 이 옥상에서!

나는 정원을 가꿔 본 적도 없고, 식물의 '식' 자도 알지 못했다. 그래서 지난밤에 스크린을 검색하며 알게 된 사실에 적잖이 당황했다. 씨앗이 그렇게 중요한 것인 줄 몰랐다. 모나코가 온 세상의 씨앗을 몽땅 독점하는 건 분명 잘못된 일이었다. 씨앗을 소유할 권리는 모든 사람에게 있어야 했다. 우리가 그것을 원하거나 필요로 할 때, 스스로 먹거리를 재배할 수 있도록 말이다.

일단 벤치에 앉아서 다리를 흔들어 대며 열심히 머리를 굴렸다. 만약에 새똥 안에 있는 것이 진짜 씨앗이라면, 옥상에서 먹거리를 키울 수 있을까? 아무래도 씨앗에 대해 더 많이 공부해야 할 듯했다. 비둘기에 대해서도.

비둘기들은 어디선가 씨앗을 엄청 먹어 대는 게 분명했다. 그곳이 어딘지는 몰라도 나무와 꽃, 덩굴 식물, 그리고 정원이 있는 곳이리라. 그렇다면 이곳에 씨앗을 심어서 정원을 가꾸는 게 불가능한 일이 아닐 듯했다. 만약 그런 일이 실현 가능하다면, 내가 꿈꾸는 것이 여기저기 유행처럼 퍼지지 말란 법도 없었다. 이 도시의 잿빛 옥상에 먹거리 식물들이 가득한 풍경이 펼쳐지는 것! 나는 초록빛 옥상 정원을 머릿속으로 상상해 보았다. 옥상마다 무성한 식물들을, 그 위를 빙빙 돌며 행복하게 지저귀는 새들을, 진짜 먹거리를 키우는 사람들의 모습을…….

모나코는 우리 모두 효율적으로 먹을 수 있을 만큼 어마어마하게 많은 식용 작물을 재배한다고 홍보했다. 그 말은 맞을지도 몰랐다. 문제는 그것이 진짜 먹거리가 아니라는 데 있었다. 어쩌면 모든 먹거리가 콩과 옥수수, 소야콘이라는 똑같은 작물에서 나오기 때문인지도 몰랐다. 포장지에 원재료명이 나오지 않으니, 음식의 재료가 무엇인지 알기 어려웠다.

사람들이 진짜 음식에 관해 이야기하는 걸 스크린에서 본 적이 있다. 얼마나 달콤한지, 과즙이 얼마나 풍부한지, 얼마나 아삭거리는지, 그리고 이런저런 맛과 새로운 먹거리에 도전할 때의 설렘에 대해. 그런 이야기를 들을 때면 진짜 나무에서 수확한 사과가 먹고 싶어졌다. 나무에서 금방 딴 청포도 한 줌과, 포도로 만든 주스도! 당장 진짜 음식을 맛보고 싶은 마음이 솟구쳐 참을 수가 없었다.

엄마도 이따금 어렸을 적 이야기를 들려주었다. 오렌지 나무에서 열매를 따 신선한 주스를 짜서 마신 이야기 같은 것들이었다. 나는 음식 이야기만 나오면 귀를 쫑긋 세운 채 푹 빠져들었다. 내가 조사한 바에 따르면 한때 지구상에는 수천 종의 식물들이 있었는데, 각각의 식물에는 라틴어 학명이 붙었다. 하나의 식물에 여러 가지 이름이 붙은 경우도 많았다.

나는 이런저런 이름이 붙은 다양한 식물들이 가득한 옥상 정원과 저 멀리 펼쳐진 녹색 물결들을 상상하면서 미소를 지었다. 새똥 밭에서 정원을 떠올리는 것으로도 모자라, 존재하지도 않는 것까지 상상하다니……. 살짝 맛이 간 건지도 모르겠지만 흥분이 쉬이 가라앉지 않아서 심장이 계속 콩닥콩닥 뛰었다.

그 순간, 옥상 문이 벌컥 열리더니 레드 할아버지가 나타났다. 할아버지는 양동이와 청소 솔을 든 채 손을 흔들며 나에게 성큼성큼 걸어왔다. 나는 자리에서 벌떡 일어나 할아버지에게 달려갔다.

"건물 관리소에서 뜨거운 물을 얻어 오는 길이야. 어제는 새장 안을 청소했고, 오늘은 밖을 닦을 건데……. 도와줄래?"

나는 망설임 없이 그러겠다고 대답한 뒤, 할아버지를 따라서 새장으로 갔다. 고스트 뷰티가 날아와 할아버지 머리 위에 살포시 앉았다. 할아버지가 내 쪽으로 고개를 돌리자 고스트 뷰티가 중심을 잃고 옆으로 쭉 미끄러졌다. 그 모습이 마치 흰 베레모 같아 보여서 나도 모르게 웃음이 새어 나왔다. 할아버지도 덩달아 웃었다.

먹이 사슬의 꼭대기

레드 할아버지가 양동이를 내려놓고는 표면이 검고 꺼끌꺼끌한 종이 몇 장을 호주머니에서 꺼내 나에게 건넸다.

"사포야. 내가 새장을 닦을 테니까, 네가 녹슨 부분을 이걸로 살살 문질러 봐."

할아버지는 낡아 빠진 솔로 새장의 외부를 박박 문질렀다. 고스트 뷰티는 할아버지가 움직일 때마다 머리 위에서 스르륵 미끄러지면서도 균형을 잡으며 꽤 잘 버텼다.

"전서구들은 진짜 특별해. 1,600킬로미터가 넘는 먼 거리에서도 자기 집을 찾아가거든. 그게 어떻게 가능한지 아니? 방향 감각과 귀소 본능이 기가 막히게 좋아서 그래. 스크린이 없던 시절에는 사람들이 비둘기를 훈련시켜서 서로 편지를 주고받았어. 비둘기 다리에 작은 통을 매단 뒤에 그 안에 돌돌 만 작은 편지 같은 것을 넣었지. 때로는 약병도 보냈고."

나는 게으른 고스트 뷰티가 다리에 아스피린 약병을 매달고 그린란드에서 아이슬란드로 날아가는 모습을 상상해 보았다. 입가에 절로 미소가 떠올랐다.

할아버지가 지붕을 닦으며 계속 말했다.

"고대 그리스에서는 전서구가 아주 흔해서 올림픽 우승자를 발표할 때 이용하기도 했어. 어떤 이들은 자기 비둘기를 훈련시켜서 경주에 내보내기도 했지. 비둘기 경주는 수천 년 동안 인기가 많은 스포츠였거든. 대도시에서는 경주용 비둘기 조련사들이 건물 옥상에다 이런 새장을 만들어 둘 정도였으니까."

할아버지는 곧 비둘기들을 옥상으로 끌어모았다. 점점 더 많은 비둘기가 우리 주위로 몰려들었다. 녀석들은 급강하해서 빙빙 돌다가 조심스럽게 바닥에 내려앉았다. 무리에 합류한 뒤에는 날개를 쭉 편 채 뒤뚱뒤뚱 걸어 다녔다. 뭔가를 불평하는 건지, 아니면 누구를 부르는 건지 끊임없이 구구거리면서 소란스럽게 굴었다. 그러다가도 할아버지가 부스러기를 던져 주면 우르르 몰려들어 더 많이 먹으려고 실랑이를 벌였다. 마치 그걸 못 먹으면 종일 굶

기라도 하는 것처럼 필사적이었다.

할아버지가 새장에 반들반들 광택을 내는 동안, 나는 사포로 녹슨 부분을 연신 문질렀다. 둘 다 조용히 각자 맡은 일에 집중했다. 집 밖에서 뭔가를 하니 괜스레 기분이 좋았다. 몸도 따뜻해지고 지루할 새도 없었다.

잠시 후, 할아버지가 다시 이야기를 시작했다.

"내가 어렸을 때 우리 집 마당에는 어마어마하게 큰 나무가 있었어. 오래된 참나무였는데, 높이가 18미터쯤 되었지. 온갖 새들이 그 나무에 모여들어 둥지를 만들고, 또 쉴 새 없이 지저귀기도 했는데……. 개똥지빠귀, 여새, 까마귀도 왔지, 아마. 어느 해에는 홍관조 한 쌍이 내 방 창문 바로 앞 나뭇가지에 둥지를 짓더구나. 어찌나 흥분되던지 창밖을 몇 시간 내리 지켜보곤 했어. 알이 부화하는 것도 보고, 새끼들이 날갯짓을 배우는 모습도 보고. 막 날기 시작한 아기 새가 둥지를 떠날 때 얼마나 두려울지 상상해 봐. 자신을 믿고 무작정 하늘로 날아올라야 하니까. 그 순간에 얼마나 무섭겠니?"

나는 그럴 것 같다고 대답하긴 했지만, 그게 어떤 기분일지는 상상하기가 힘들었다.

"홍관조는 다 자라서 둥지를 떠났다가 해마다 봄이 되면 돌아왔어. 둥지가 사라졌을 때도 마찬가지였지. 다른 새들이 둥지를 훔쳐 가기도 했거든. 자기 둥지를 지으려고 다른 새들의 둥지에서 지푸라기나 풀을 훔치는 거야. 그런 걸 보면 동물도 사람들하고 별반 다를 게 없다니까?"

할아버지가 갑자기 껄껄 웃었다.

"그때 내 관심을 끈 건 새들이 어떻게 길을 찾는가, 하는 거였어. 녀석들은 겨울에 어딘가로 갔다가 봄이 되면 어김없이 우리 집 마당의 참나무로 돌아왔지. 어떻게 집으로 돌아오는지 궁금해서 미칠 지경이었어. 그 새들이 작년에 봤던 녀석들이라고 철석같이 믿었거든. 음, 내가 좋아서 돌아오는 거라고 믿고 싶기도 했고."

할아버지는 겸연쩍은 듯 우스꽝스러운 표정을 지었다. 어쩐지 그 모습이 슬퍼 보였다.

"그때부터 새들에게 흥미를 갖기 시작했어. 귀소 본능에 대해 좀 더 알고 싶어서였을 거야. 비록 육십 년이 지난 지금의 나는 옥상 시멘트 바닥에서 자는 처량한 신세지만. 그래도 이렇게나 많은 새들과 함께 있잖니? 이 녀석들도 날 좋아하는 것 같고."

할아버지는 기분이 좀 나아졌는지 빙긋 웃었다.

어느새 고스트 뷰티는 새장의 지붕 위에 자리를 잡고 앉아서 우리를 물끄러미 내려다보았다. 아니, 그냥 레드 할아버지를 보고 있는 건지도 모르겠다.

"제 생각엔 고스트 뷰티가 할아버지를 좋아하는 것 같아요."

그러자 녀석이 뭔가를 안다는 듯이 나를 빤히 쳐다보더니 이내 할아버지에게로 시선을 옮겼다.

"저 녀석이 좋아하는 건 바로 이거야."

할아버지가 손바닥 위에 연갈색 과자 부스러기를 올리자, 고스트 뷰티가 잽싸게 날아와 쪼아 먹었다. 할아버지가 3D 쿠키 상자를 보여 주었다.

"지난밤에 포장도 안 뜯은 걸 여섯 상자나 쓰레기통에서 얻었지 뭐니? 내가 공짜 음식주의자라는 말을 했던가?"

"그게 뭐예요?"

"공짜 음식만 먹는 사람이지."

할아버지가 껄껄 웃으며 대답했다. 나도 덩달아 웃고 말았다.

"비둘기들한테는 3D 쿠키 말고 진짜 사료를 먹여야 하지 않을까요? 사람 음식 말고 새 모이를 먹여야 하는 거 아닌가 해서……."

순간, 할아버지의 얼굴에서 미소가 싹 사라졌다.

"이건 사람이 먹을 만한 음식이 아니야. 사실 너나 나나 3D 음식을 먹고 살아선 안 되잖니?"

나는 어깨를 으쓱해 보였다. 우리한테 선택권이 있는 게 아니니까. 그런데 왠지 그 말을 자꾸만 곱씹게 되었다. 나는 유난히 지워지지 않는 갈색 얼룩을 닦다 말고 할아버지를 빤히 쳐다보았다.

“혹시 모나코라는 기업에 대해 아세요?”

할아버지의 얼굴빛이 또다시 어두워졌다.

“그건 왜?”

“어젯밤에 모나코에 대해 조사를 좀 했거든요. 제가 먹는 음식들은 전부 다 거기에서 만들더라고요. 그래서 그 기업에 대해 알아봐야겠다는 생각이 들었어요. 그래야 하는 거죠?”

그제야 할아버지 얼굴에서 긴장한 기색이 사라졌다. 할아버지는 곧 고개를 끄덕였다.

“그렇고말고.”

“제가 영양학 수업을 듣거든요. ‘하루 세 번 먹는 3D 음식 속에는 우리 몸이 성장을 하고 건강을 유지하는 데 필요한 모든 영양소가 들어가 있습니다.’”

내가 스크린 속 노부인의 목소리를 흉내 내며 우스꽝스럽게 말하자, 할아버지가 진지한 얼굴로 물었다.

“그 말을 믿니?”

한 번도 깊게 생각해 본 적이 없어서 뭐라 대꾸할 말이 없었다. 할아버지는 고스트 뷰티에게 과자 부스러기를 조금 더 먹인 다음에 말을 이었다.

"조니, 너는 특별한 소녀야. 네가 소녀가 맞다면 말이다."

나는 할아버지의 배려에 고마운 마음이 들어서 싱긋 웃었다.

"넌 어릴 적의 나보다 훨씬 더 영리해. 내가 어렸을 때는 슈퍼마켓이나 농산물 시장에서 식재료를 사 온 뒤 직접 요리를 해서 먹었어. 역사 시간에 들어 본 적 있지?"

"네, 하지만 그만큼 시간이 오래 걸렸잖아요? 다들 일하느라 바빴을 텐데요. 스크린에서는 이렇게 설명해요. '과학 기술의 발달로 시간이 오래 걸리는 일들은 모두 사라졌다. 가령, 모나코는 건강하게 살아가는 데 필요한 모든 열량과 비타민, 단백질, 미네랄을 제공하는 동시에 가족의 시간과 에너지를 절약하게 해 준다.'"

레드 할아버지가 숱 많은 눈썹을 찌푸리며 웃었다.

"그건 그 사람들이 하는 이야기고. 어쨌든 내가 어렸을 때는 식품 회사는 물론, 식료품을 파는 가게나 시장이 무척 많았어. 음식의 양이나 종류도 어마어마했고. 그런데 어느 날, 큰 물고기가 작은 물고기를 죄다 먹어 치운 거야. 그 작은 물고기는 이미 더 작은 물고기를 먹어 치운 뒤였지. 어때? 그림이 그려지지 않니? 가장 큰 물고기가 나머지 물고기를 전부 먹어 치운 모양새인데, 그게 바로 모나코라는 기업이야. 모든 경쟁사를 모조리 먹어 치운 그 기업은 막대한 부를 쌓았지. 그만큼 그들이 무소불위의 힘을 갖게 되었기 때문에 소비자들에게 제멋대로 먹거리를 강요할 수 있게 된 거야."

할아버지는 말을 하면서도 새장 지붕에 맺힌 물방울을 쉼 없이 닦았다. 할아버지 손이 닿는 곳마다 반들반들 윤이 났다. 새장은 어느새 때를 다 벗고 늦은 오후의 햇살을 받아 반짝반짝 빛났다. 그런데도 군데군데 녹이 남아 있어서 나는 계속 사포질을 했다.

"그런데 할아버지, 혹시 우리가 먹을 먹거리를 직접 재배할 수는 없나요?"

"씨앗이 없는걸. 정확히 말하면, 모나코의 씨앗을 심을 권리가 우리한테는 없다는 게 맞겠구나. 모나코는 유전자를 조작해서 개발한 씨앗들에 대해 특허를 받았어. 수백만 년 동안 인류가 먹고 살았던 수많은 씨앗들을 더 이상 구할 수 없게 되었지. 세상에 단 하나뿐인 거대 식품 기업이 그 씨앗들에 대한 특허를 독점했으니까. 이제 농부들은 오직 모나코의 씨앗만 심을 수 있어. 안 그러면 정부 보조금을 받을 수 없거든. 그 결과 농작물은 모두 모나코의 것이 되어 버렸지."

내가 화난 것처럼 보였던 걸까? 할아버지가 씩 웃더니 짐짓 목에 힘을 주어 말했다.

"모나코, 악랄한 독점 기업! 씨앗 지배자! 이걸 세 번 반복해서 말해 봐. 그럼 분이 좀 풀릴 거야."

나는 몇 번이나 버벅거리면서 그 말을 반복했다. 정말로 기분이 조금 나아지는 듯했다.

"그럼 모나코 씨앗이 아닌 것은 하나도 없어요? 작은 농장에서 사용하는 씨앗은요? 토종 씨앗(원래부터 그 지역에서 자생해 풍토에 알맞게 적응한 씨앗)이 있다는 글을 어디선가 읽은 적이 있거든요."

"예전에는 소규모 농장에서 토종 씨앗을 심어서 농작물을 재배했지. 하지만 모나코가 씨앗을 지배하고 세계 각국이 적극적으로 그 기업을 지원하면서…… 소규모 농장은 거의 살아남지 못했어. 대부분은 모나코의 3D 식품에 사용되는 작물을 재배할 수밖에 없게 되었지. '세상 사람들은 다 이렇게 먹습니다!' 들어 본 적 있지?"

나는 모나코 기업이 내세우는 그 모토를 들으며 자랐다. 스크린에 수시로 광고가 나올 뿐 아니라 제품 포장지마다 그렇게 인쇄되어 있기 때문이다. 매일같이 그 말을 들었다. 그래서 사실이라고 철석같이 믿었다. 사실 그 외에 다른 선택지도 없었다. 다시 말해, 3D 음식 말고는 달리 먹을 게 없다는 뜻이다. 그러나 할아버지와 이야기를 나누다 보니, 뭔지 모르게 거북한 느낌이 들었다.

"토종 씨앗을 심는 농장에 대한 글을 읽은 적이 있어요. 어쩌면 지금도 어딘가에 그런 씨앗들이 여전히 존재하지 않을까요?"

할아버지가 나를 물끄러미 바라보았다.

"그래, 어딘가에는 존재할 수도 있겠지."

그러고는 다시 일에 몰두했다. 나는 혼자만의 생각에 빠져들었다. 만일 모든 사람이 토종 씨앗을 얻어서 스스로 먹거리를 재배할 수 있다면 어떻게 될까? 옥상마다 정원을 만드는 모습이 눈앞에 그려졌다.

나는 주변에 널린 하얀 얼룩들을 가리키며 다시 물었다.

"비둘기 똥에 있는 저것들은 무슨 씨앗일까요? 모나코의 씨앗들일까요? 아니면 토종 씨앗일 수도 있을까요?"

"글쎄, 저 녀석들이 뭘 먹는지 모르겠네. 그린란드에 모나코 농장이 없는 것만은 확실해. 우리가 먹는 음식들은 죄다 수입하는 거거든. 그러니까……."

나는 할아버지의 말을 불쑥 가로챘다.

"만약에 저게 토종 씨앗이라면요? 그리고 옥상에 정원처럼 흙이 있다면요?"

"그렇다면……?"

할아버지 얼굴에 옅은 미소가 번졌다.

"비둘기들이 먹는 토종 씨앗을 어디에서 구할 수 있을까요?"

할아버지는 나를 가만히 보면서 머리를 긁적였다. 내 말을 진지하게 받아들이는 것 같아 무척 기뻤다. 나는 조마조마해하며 대답을 기다렸다.

마침내 할아버지가 입을 열었다.

"이런 일에 대해 잘 아는 사람이 한 명 있긴 한데……. 어쩌면 그 사람이 우리를 도와줄 수 있을지도 모르겠구나. 일단 페스터 씨를 만나서 그 사람과 연락할 방법이 있는지부터 알아봐야겠어. 내일 오후에 같이 갈래?"

나는 이 건물을 벗어나서는 안 된다는 것을 잘 알면서도, 혹시라도 들키는 날에는 날벼락이 떨어질 거라는 사실을 뻔히 알면서도 순순히 그러겠다고 대답했다.

잠시 후, 우리는 그날 오후에 한 작업을 찬찬히 살펴보았다. 오, 맙소사! 새장이 엄청나게 멋져 보였다. 그렇다고 내가 들어가서 살고 싶을 정도는 아니었지만, 비둘기들이라면 충분히 좋아할 만했다.

"조니, 수고했어!"

할아버지와 나는 주먹을 맞대며 기쁨을 나누었다.

나는 집으로 돌아오자마자 저녁 식사 준비를 도왔다. 엄마가 기특해하며 머리를 쓰다듬었다.

“우리 딸, 고마워. 모나코 계약 건이 어찌나 복잡한지 지금 정신이 하나도 없어. 어쨌든 시간을 더 들인 만큼 좋은 성과가 나오겠지. 네 대학 등록금도 마련할 수 있을 테고.”

엄마는 웃고 있었지만 지친 기색이 역력했다. 다른 시간대에 사는 고객들과 통화하느라 거의 밤을 새운 모양이었다.

“오늘은 으깬 감자를 곁들인 미트로프(다진 고기에 식빵, 달걀, 야채 따위를 넣고 덩어리로 구운 요리)를 만들 계획이야.”

엄마가 나에게 3D 미트로프 상자를 건넸다. 아무렇지도 않은 척하며 고개를 끄덕였지만 솔직히 속이 울렁거리는 느낌이 들었다. 3D 미트로프 안에 고기가 들어 있을지 의심스러웠다. 어쩌면 갖가지 화학 물질로 맛을 낸 소야콘으로 만든 고기일지도 몰랐다. 감자도 별반 다르지 않을 터였다. 이건 진짜 음식이 아니었다.

나는 3D 프린터를 준비한 다음, 포장지에 적힌 설명에 따라 음식을 만들어 식탁을 차렸다. 그러는 동안 대학에 대해 곰곰 생각해 보았다. 나의 대학 진학을 위해 가족들이 수십만 달러를 지원하는 게 옳은 일일까? 만약 내가 대학에 가지 않는다면 오늘 밤부터라도 당장 가족과 함께 일을 할 수 있었다. 설령 내일 학교를 그만둔다 해도 문제 될 건 전혀 없었다. 세상을 살아가면서 알아야 할 것들은 스크린에서 얼마든지 손쉽게 찾을 수 있으니까.

요즘 시대에 전문적인 일을 해서 생계를 꾸려 나가는 사람은 많지 않았다. 생존하는 것이 가장 큰 문제였다. 사람들은 대부분 가족에게 기대서 살아가거나, 돈이 되는 일이라면 닥치는 대로 하면서 살았다. 그러니까 굳이 대학에 가지 않더라도 가족과 함께 콜센터에서 일을 하면서 밥값 정도는 할 수 있는 셈이었다.

나는 의사나 변호사, IT 기술자가 되고 싶지는 않았다. 환경이나 생명 공학 쪽에 관심이 많은데, 그 분야의 연구원으로 일할 수 있는 곳은 모나코 같은 다국적 기업뿐이었다. 심지어 그런 곳에서는 대부분 남자만 고용했다. 물론 나는 작정만 하면 지금이라도 남자가 될 수 있다. 불가능한 일은 아니었다. 하지만 선뜻 내키지가 않았다.

나는 음식을 오븐에 넣은 다음에 욕실로 향했다. 얼른 씻고 나서 모두를 식탁으로 부를 생각이었다. 가족들이 일하는 공간을 지나면서 헤드셋을 쓰고 있는 엄마를 힐끗 보았다. 잰 오빠와 아빠, 조안 언니, 틸라도 보였다. 카마라는 욕실에 들어가 문을 잠근 채 코빼기도 비치지 않았다. 하여튼 욕실에만 들어가면 나올 줄을 몰랐다. 화상 통화를 할 때마다 프레슬리에게 잘 보이려고 거울 앞에서 얼마나 꽃단장을 하는지.

내가 욕실 문을 두드리자, 카마라가 짜증스럽게 대꾸했다.

"5분만."

카마라의 5분은 15분, 아니 그 이상을 의미했다. 나는 이내 포기하고 방에 들어가 토종 씨앗을 검색했다. 카마라가 방으로 돌아왔을 때는 검색 결과를 읽느라 여념이 없었다.

"오늘 저녁 당번 누구야?"

그 말에 화들짝 놀라 의자에서 벌떡 일어났다. 맞다, 저녁!

방에서 급하게 뛰쳐나오며 흘깃 보니 카마라의 머리색이 바뀌어 있었다. 금발은 온데간데없고 완전히 백발이 되었다. 내 조카가 고스트 뷰티처럼 알비노 스타일로 바뀐 것이다.

나는 킥킥거리며 주방으로 뛰어갔다. 하지만 다 타 버려서 못 먹게 된 미트로프 생각을 하자 눈물이 왈칵 쏟아졌다. 음, 타지 않았다고 한들 먹을 만한 음식일까마는!

다행히 주방에는 엄마가 먼저 와 있었다. 미트로프가 타기 직전에 살려 낸 모양이었다.

"식구들한테 저녁 먹으러 오라고 할래? 제법 맛있는 냄새가 나네?"

엄마는 날 꾸짖기는커녕 잔잔하게 미소를 지었다.

맛있는 냄새라는 말에 동의할 수는 없었지만, 그렇다고 애써 반박하지도 않았다. 나는 가족들을 식탁으로 불러 모은 다음에 엄마를 도와 음식을 날랐다. 가족들이 한자리에 모여 시끌벅적 떠드는 사이에 슬그머니 일어나 자리를 빠져나왔다.

욕실에 들어가 손톱 밑에 낀 때를 박박 문질러 닦았다. 머리카락에 붙은 비둘기 깃털을 씻어 내면서 오늘 저녁밥은 먹지 않겠다고 다짐했다. 나는 진짜 음식을 먹고 싶었다. 토종 씨앗으로 재배한 식재료로 만든 진짜 음식을!

샤메드, 부끄러움의 도시

다음 날, 옥상에서 레드 할아버지를 만났다. 어두워지기 전에 돌아오려면 서둘러야 한다면서 자꾸만 재촉했다. 할아버지가 어찌나 활력이 넘치는지, 계단을 따라 내려가는 것도 힘에 부칠 지경이었다.

"할아버지 친구도 공짜 음식주의자예요?"

나는 로비에 도착한 뒤에야 겨우 숨을 돌리며 할아버지에게 물었다. 할아버지는 대뜸 껄껄 웃었다.

"페스터 씨가 나처럼 노숙자인지 궁금한 모양이구나? 글쎄……, 그냥 거리의 과학자라고 해 두자. 예전에는 빙하를 연구하는 과학자였지. 그린란드가 80% 이상 얼음으로 뒤덮여 있던 시절에 말이야. 영구 동토층이 더는 영구적이지 않게 되었으니, 그 친구의 능력도 이제는 시대에 뒤떨어진 게 된 셈이지. 그래도 과학계 사람들과 연락이 닿을 테니, 종자 은행을 관리하는 내 지인의 행방 정도야 금방 알아낼 수 있을 거야. 확실하진 않지만 아마도 이 도시 어딘가에 있을 거거든."

"여기에 종자 은행이 있어요?"

할아버지는 더욱 속도를 내서 걸었다.

"난 친구가 아주 많아. 그만큼 정보에 빠삭하지. 뭐, 지금은 대부분 연락이 끊겼지만……."

무슨 말인지 언뜻 알아듣기가 힘들었다. 어쩌면 할아버지가 길에서 생활하는 것과 관련이 있을지도 모른다는 생각이 들었다. 노숙하는 공짜 음식주의자라면 옛 친구들과 연락하기가 쉽지 않을 테니까.

나는 할아버지를 따라잡으려고 부리나케 걸었다. 거리로 나와서 그런지 몹시 흥분되었다. 건물 밖으로 나온 게 몇 년 만인지 몰랐다. 게다가 진짜 과학자를 만날 생각에 설레기까지 했다. 지금껏 과학자는 단 한 번도 만난 적이 없었다.

거리는 매우 지저분했는데, 스모그 때문인지 온통 뿌옜다. 건물들은 죄다 비슷비슷했다. 엄청나게 높고 으리으리한 데다 쥐 죽은 듯이 고요해서 소름이 확 끼쳤다. 날이 자못 따뜻해서 코트를 벗고 싶었지만, 할아버지가 하도 빨리 걷고 있어서 따라가기 바빠 미처 그럴 틈이 없었다.

나는 서둘러 걷는 동안에도 주변을 빠짐없이 둘러보았다. 옥상 위에서 멀찍이 바라보다가 이렇게 가까이에서 보고 있으려니 혼이 쏙 빠질 지경이었다. 무인 자동차가 옆에서 쌩쌩 지나갔다. 화려하게 옷을 차려입은 채 서류 가방이나 쇼핑백을 든 사람들이 옆으로 종종 지나쳐 갔다.

그렇다 해도 거리에서 맞닥뜨리는 사람들의 대다수는 담요를 뒤집어쓴 채 보도에 줄지어 있는 노숙자들이었다. 그들은 버려지는 물건들을 기다리며 등을 잔뜩 구부린 채 불편한 자세로 앉아 있었다. 이누이트족을 비롯해 유럽인, 아시아인, 아프리카인 등 매우 다양했다. 빽빽 울어 대는 아기들과 비쩍 마른 아기 엄마들, 지친 기색이 역력한 노인들, 그리고 배가 불룩한 아이들……. 곳곳에서 쉴 새 없이 들려오는 소음에 귀가 다 먹먹했다.

레드 할아버지가 꾀죄죄한 아이들이 옹기종기 모여 있는 체크무늬 담요 위로 3D 쿠키 상자를 떨어뜨렸다. 그러자 아이들이 서로 차지하려고 달려들어 한바탕 소동을 벌였다. 옥상에서 먹이를 먼저 먹겠다고 마구 덤벼들던 비둘기들과 조금도 다를 게 없었다.

그 뒤에도 계속해서 길을 몇 번이나 건너고 골목들을 요리조리 지나갔다. 그러는 동안 질병과 굶주림, 빈곤과 끝도 없이 마주해야 했다. 부모님이 나더러 밖에 돌아다니지 말라고 한 것도 다 이런 이유 때문이었다. 정말이지 너무나 슬펐다.

그때 할아버지가 걷는 속도를 늦추며 말을 걸었다.

"조니, 이 세상에는 스크린에서는 결코 볼 수 없는 진실이 무척 많아. 얼마나 많은 고통이 존재하는지 느껴지니?"

나는 아니라고 반박하고 싶었다. 스크린에는 뭐든 다 나온다고 소리치고 싶었다. 하지만 할아버지 말이 맞다는 걸 인정할 수밖에 없었다. 지금 내가 마주하고 있는 현실을 스크린에서는 한 번도 본 적이 없었으니까.

할아버지가 이어서 말했다.

"물론 좋은 일이 얼마나 많은지도 알려 주지 않아. 사실 좋은 프로젝트도 많이 진행 중이거든."

"정말요? 어떤 프로젝트인데요?"

"이를테면 씨앗을 보존하기 위한 일? 세계 곳곳에 종자 은행이 있어. 지구의 미래를 걱정하는 세계 시민들이 만든 씨앗 보관소지."

"우아, 대박!"

나는 다른 블록으로 방향을 튼 할아버지를 따라잡느라 종종걸음을 쳤다.

갑자기 눈앞에 번화가가 펼쳐졌다. 이쪽 건물들은 이주민 거주 지역에 비해 규모가 훨씬 더 작고 오래되어 보였다. 담요를 뒤집어쓴 가난한 사람들도 더 이상 보이지 않았다. 도로는 무인 자동차로 꽉 막혀 있었고, 정류장에는 짙은 색 양복을 입은 남자들이 버스에서 쉴 새 없이 쏟아져 나왔다. 무겁게 깔린 스모그에 숨이 턱 막힐 지경인 데다, 배달용 드론이 머리 위에서 부산스럽게 돌아다녔다.

길 한복판에서 콜록대며 기침을 하자, 할아버지가 내 팔꿈치를 잡아서 이층짜리 석조 건물 앞에 있는 보도로 이끌었다. 단조로운 갈색 건물은 내가 사는 동네의 건물들에 비해 너무 보잘것없어 보였다.

"페스터 씨가 여기에 살아요?"

가까스로 기침을 멈추고 묻자 할아버지가 고개를 저었다.

"사는 건 아니고."

이곳에 온 이유를 궁금해하던 찰나, 페스터 씨가 바로 눈에 들어왔다. 작은 키에 동글동글한 얼굴의 대머리 할아버지가 건물 앞 플라스틱 벤치에 앉아 있었다. 비둘기들에게 둘러싸인 채로. 그 모습을 보자 웃음이 터져 나왔다. 할아버지도 활짝 웃었다.

"우리 같은 사람은 원래 눈에 잘 띄는 법이지. 비둘기 애호가들 말이야."

어느새 나도 비둘기 애호가가 되어 있었다. 나는 비둘기들이 옥상 정원 프로젝트를 도와줄 것이라 믿고 싶었다.

페스터 할아버지가 우리를 발견하고 손을 흔들었다.

"레드, 친구를 데려왔군. 반가워!"

페스터 할아버지가 자리에서 일어났다. 나랑 키가 비슷했지만 훨씬 더 뚱뚱했다. 나는 할아버지와 악수를 했다. 페스터 할아버지 역시 노인치고는 아귀힘이 좋았다. 나이는 팔십 대, 어쩌면 그 이상일지도 몰랐다. 다갈색 얼굴은 구겨진 삼베처럼 주름이 자글자글했지만, 젊은이처럼 열정으로 가득 찬 까만 눈동자는 반짝반짝 빛났다.

페스터 할아버지는 우리가 앉을 수 있도록 벤치 끝에 걸터앉았다. 모두 싱글벙글 웃고 있었다.

"이건 무슨 건물이에요?"

"예전에는 도서관이었어. 이 건물에서 많은 시간을 보냈지. 그래서 이 지역이나 이곳 사람들을 잘 알아."

페스터 할아버지가 미소를 지으며 대답했다.

그때 자줏빛을 띤 비둘기가 날아와 페스터 할아버지의 어깨 위에 살포시 앉았다. 내가 윤기 나는 무지갯빛 깃털을 홀린 듯이 바라보자, 녀석도 나를 흘끔 쳐다보았다.

레드 할아버지는 잡담할 시간이 없다는 듯이 곧바로 본론으로 들어갔다.

"종자 은행이 어떻게 돌아가고 있는지 혹시 아는 것 있어? 난 요새 통 들은 게 없어서 말이야. 혹시 그분이 아직도 활동을 하고 있을까?"

페스터 할아버지가 대답했다.

"자네가 찾는 게 토종 식물이라면 공원에서 일하는 사람들을 몇 알고 있어. 그 사람들은 국유지에 남아 있는 것들을 보존하는 활동을 하고 있지."

국유지라면 나무가 자라고 있을 터였다. 어쩌면 덩굴 식물과 꽃, 풀도 있을지 몰랐다. 혹시 그곳에 씨앗도 있을까? 내가 기대에 찬 눈으로 쳐다보자, 레드 할아버지가 얼른 고개를 저었다. 나는 코트를 슬그머니 벗었다. 햇볕 아래에 있어서 그런지 더위가 느껴졌다.

"이곳에 마지막으로 남은 수목원을 보존하는 일을 하는 단체가 있어. 자네한테 연결해 줄게."

레드 할아버지가 또다시 고개를 저었다.

"우리가 찾는 건 식용 작물 씨앗이야."

"식용 작물 씨앗? 그걸로 뭘 하게?"

레드 할아버지가 나를 바라보았다.

"조니, 네 아이디어니까 직접 말해 봐."

내가 구구절절하게 설명하자, 잠자코 듣고 있던 페스터 할아버지가 활짝 웃었다. 그야말로 손녀를 바라보는 할아버지의 인자한 미소였다. 할아버지가 내 어깨를 토닥여 주었다.

"씨앗은 수천 년을 살 수 있는 생물이야. 마지막 세계 대전이 일어나기 전에 러시아 사람들이 시베리아 어딘가에서 씨앗을 발견했는데, 그게 자그마치 삼만 이천 년 이상 된 것으로 밝혀졌지. 그것들을 비옥한 땅에 심었더니, 실제로 싹이 나 자라기까지 했어. 씨앗은 생산과 번식을 하면서 우리가 있기 전부터 지구에서 살았으니까 인류의 조상이나 다름없어. 새들은 몇 세기 동안 씨앗을 퍼뜨리는 아주 중요한 역할을 했고. 조니, 넌 영리한 아이니까 무슨 말인지 잘 알 거야."

페스터 할아버지가 자리에서 일어서자, 주위에 있던 비둘기들이 퍼드덕거리며 공중으로 날아올랐다. 할아버지가 나를 내려다보며 말했다.

"네 아이디어가 마음에 들어. 유전자 조작 씨앗들 때문에 쉽진 않겠지만. 넌 용기 있는 아이야. 당연히 네 프로젝트를 도와야지."

레드 할아버지가 끼어들려고 하자, 페스티 할아버지가 손을 들어 막았다.

"자네도 도울 거야. 페스터는 늘 스스로 돕는 자를 돕거든."

그러고는 소리내어 껄껄 웃었다. 나는 무슨 뜻인지도 모르면서 괜스레 따라 웃었다.

"사흘 뒤에 날 다시 만나러 오겠나?"

"이제 나한테 임무가 생겼으니 당연히 와야지."

레드 할아버지는 기쁜 듯이 대답했다. 하지만 나는 적잖이 실망했다. 사흘이나 기다려야 한다니! 당장 오늘, 아니면 내일부터라도 정원 만드는 일을 시작하고 싶었다.

레드 할아버지가 자리에서 일어서는 걸 보고 나도 집으로 갈 채비를 했다.

"옛날에는 여러 도시의 공공 도서관에 종자 은행이 있었어. 지금은 모두 문을 닫았지만……. 여기에도 하나 있었지."

페스터 할아버지가 뒤쪽 건물을 가리켰다.

"내가 관여했던 일이 아니라서 자세한 것은 몰라. 나도 다른 사람들처럼 씨앗이나 식물, 풍부하고 질 좋은 음식들을 당연한 것으로 여겼으니까. 토종 씨앗을 보존하려는 사람들이 있었다는 게 얼마나 다행한 일인지…….”

그건 정말로 다행이었다. 그렇지 않았다면 내 정원을 만들 방법이 없었을 테니까.

페스터 할아버지가 나를 보며 씩 웃었다.

“널 위해 내가 할 수 있는 일을 찾아볼게. 뭔가 생각나는 게 있을 거야.”

나는 고맙다고 말한 뒤 작별 인사를 했다. 그러고는 레드 할아버지를 따라 길을 나섰다. 잠시 후 슬쩍 뒤를 돌아보자 페스터 할아버지는 다시 비둘기들에게 둘러싸여 있었다.

“다른 연구는 왜 하지 않는 거예요? 빙하가 없다고 과학이 사라진 건 아니잖아요?”

레드 할아버지는 얼마 동안 아무 말 없이 서둘러 걸었다. 나는 할아버지를 따라잡느라 거의 뛰다시피 했다.

“자본과 과학 간의 전쟁이 있었어. 결과는 과학의 패배였지. 아니, 우리 모두의 패배였단다.”

나는 할아버지를 따라 종종걸음 치면서 그동안 배웠던 것들을 하나하나 떠올려 보았다. 역사, 과학, 환경…… 그 어떤 수업에서도 자본과 과학 사이의 전쟁에 관한 이야기는 들은 기억이 없었다.

내가 아는 세상은 그저 평화롭기만 했다. 분노한 이들의 시위나

항의 행진, 군사력을 동원한 공격 같은 건 한 번도 들어 본 적이 없었다. 법의 지배 아래 모든 것이 완벽하게 균형을 잡고 있었다. 적어도 나는 학교에서 그렇다고 배웠다. 그런데 전쟁이라니? 무언가에 대해 연구를 하고 그 결과를 알리는 게 과학자들이 하는 일 아닌가?

나는 길을 건너려고 횡단보도 앞에 서 있는 할아버지를 겨우 따라잡고는 숨을 헐떡거리며 물었다.

"과학 전쟁이라는 거……, 혹시 무슨 은유 같은 거예요?"

"조니, 슬프게도 그건 아니야. 그 전쟁으로 과학계는 치명타를 입었거든. 그 후로 객관적인 연구를 하는 대신에 돈 많은 거대 기업에 유리한 선전을 하기 시작한 거야. 기업들의 지나친 욕심으로 벌어진 일이었지."

무슨 말인지 이해하기가 어려워서 더 혼란스러웠다.

어느새 해가 져서 날이 몹시 추워졌다. 나는 코트 지퍼를 끝까지 올린 뒤 주머니에 손을 쑥 넣었다. 할아버지가 말을 이었다.

"언젠가부터 대중 매체가 기업과 정부의 홍보 역할을 하게 되면서 더 이상 진짜 뉴스를 들을 수 없게 되었지. 곧이어 기업이 대학 교육마저 떠맡았어. 과학자들이 연구하려면 돈이 있어야 하잖니? 그런데 그 돈을 지원하는 기업이 사적 이익만 추구하게 되면서 순

수 과학에 대한 연구가 어려워진 거야. 다행히 이런 현실에 저항하는 이들이 있긴 해. 하지만 먹을 것과 쉴 곳을 마련하기 위해서 하루하루 힘겹게 살아가는 대부분의 사람들은 이런 일을 전혀 알지 못해."

그건 사실이었다. 대다수의 사람들은 먹고사느라 바빴다. 게다가 일자리를 찾지 못해 고통받는 사람들도 많았다. 하지만 스크린이 존재하는 이유는 세상에서 벌어지는 다양한 일들을 알리기 위해서가 아닌가? 세상에 존재하는 모든 정보를 제대로 전달해야 마땅했다. 그런데 어떻게 스크린에서 공유하지 않는 일들이 있을 수가 있지?

할아버지가 내 생각을 읽은 모양이었다.

"사전 검열. 중요한 정보들이 죄다 삭제되는 이유지. 국제 보안을 위해서라는 명목하에 말이야. 물론 이건 순전히 그들이 하는 말이지만."

사전 검열? 한 번도 들어 본 적이 없는 용어였다. 집에 도착하는 대로 검색해 봐야겠다는 생각이 들었다.

"조니, 우리가 사는 이 도시의 이름이 어떻게 지어진 줄 아니?"

우리 동네 이름은 샤메드였다. 솔직히 그 이름에 대해 한 번도 생각해 본 적이 없었다.

"샤메드는 '부끄럽다'는 뜻이야. 세상은 이주민인 우리를 부끄럽게(ashamed) 생각하지. 우리는 무지의 상징이야. 재난이 다가오는 걸 알면서도 대책을 세우기는커녕 모른 척했으니까. 그래서 이주민 지역을 보면 부끄러워서 잽싸게 외면해 버리는 거야."

나는 그 말을 곱씹어 보았다. 어쩌면 누군가는 그렇게 생각할 수도 있겠다 싶었다. 특히 무언가 할 수 있는 기회가 있었음에도 아무것도 하지 않은 어른들은…….

그때 머리 위에서 빙글빙글 돌고 있는 비둘기 떼를 발견했다. 기분이 금세 좋아졌다. 과거의 충격적인 사건과 별개로 미래는 늘 기대를 품게 했다. 나는 지금 저 새들과 우리 가족이 함께 누릴 수 있는 미래의 정원을 꿈꾸고 싶을 뿐이었다.

그때 할아버지가 옆으로 다가와 장난스럽게 머리를 쓰다듬었다.

"조니, 또 보자. 난 할 일이 있어서 이만 가 봐야겠다."

할아버지는 서둘러 건물을 떠났다.

쓰레기조차 가질 수 없는

사흘이라는 시간은 괴로울 정도로 더디게 흘렀다. 공부에 집중하기가 어려울 지경이었다. 레드 할아버지를 도와 옥상에서 새장 청소를 하는 오후 시간은 그런대로 분주하게 보냈다. 어느덧 새장은 반짝반짝 윤이 날 정도로 말끔해졌다. 꽤 그럴듯하게 보였다.

비둘기들도 만족스러운 듯 그 안에서 자유롭게 활보를 했다. 내가 집에서 가져온 쓰레기와 할아버지가 이 골목 저 골목에서 모아 온 것들을 합해서 새장에 필요한 물건들을 제법 갖추었다. 이웃의 쓰레기통에서는 건질 만한 것이 별로 없었다. 매번 노숙자들이 한 발 더 빠른 탓이었다. 쓰레기통 속의 그 무엇이 우리보다 그들에게 더 절실하기 때문일 터였다.

레드 할아버지는 그 상황이 못마땅한 듯 이렇게 투덜거렸다.

"사람들이 도대체 버릴 줄을 모른다니까? 쓰고 또 쓰다가 결국엔 친척이나 친구들에게 그걸 넘겨주잖니? 요즘은 포장 용기마저 죄다 자연 분해되도록 만들어져서 도통 뭘 만들 수도 없고."

나는 할아버지의 불평이 의아해서 고개를 갸웃거리며 되물었다.

"그게 더 좋은 거 아니에요? 천연자원을 아끼고 환경을 보호하기 위한 건데……."

할아버지가 쓰레기통에서 발견한 낡은 커튼 봉으로 횃대를 만들며 대꾸했다.

"그렇긴 하지. 문제는 물건을 많이 생산하지 않기 때문에 쓰레기도 그만큼 줄었다는 거야. 그 바람에 가진 게 거의 없는 사람이 아주 많잖니? 사람들이 새 물건을 살 능력이 없어서 소비를 하지 않는다는 것은 경제가 그만큼 나쁘다는 뜻이고. 실업률이 엄청나게 높아지고 빈곤층이 어마어마하게 증가한 거지."

대체 뭐가 맞는 것인지, 생각할수록 혼란스러웠다. 쓰레기가 넘쳐나서 처치 곤란이었던 과거와 비교하면 요즘의 풍경은 상상조차 못 할 일이긴 했다.

할아버지는 횃대에 갈색 끈을 두른 다음에 반대편의 그물에 단단히 묶었다. 손가락으로 톡톡 치자, 횃대가 그네처럼 앞뒤로 흔들렸다. 고스트 뷰티는 공중으로 폴짝 뛰어올랐다가 새장 안을 빙그르르 돌았다가 흔들리는 횃대 위에 살포시 앉았다가 했다. 그 모습이 마치 우아한 발레리나 같았다.

고스트 뷰티는 횃대 위에서 그네를 타다가 나와 눈이 마주치자 싱긋 웃으며 윙크를 했다. 진짜다! 나도 모르게 자꾸만 웃음이 새어 나왔다.

"녀석이 널 좋아해. 너한테 푹 빠진 것 같아."

고스트 뷰티는 여왕같이 우아한 모습으로 횃대에서 자세를 요리조리 바꿨다. 우리는 자재를 모아 둔 곳으로 가서 새장 바닥을 정리했다. 비둘기들을 위해 주워 온 종이와 판지, 포장지를 추려서 바람에 날아가지 않도록 한쪽 구석에 잘 쌓아 두었다.

늦은 오후의 햇살이 얼굴 위로 쨍하니 비치면서 땀이 배어 나왔다. 오늘은 이쯤에서 작업을 마무리하고, 카마라가 욕실을 독차지하기 전에 어서 집으로 가서 깨끗이 씻고 싶었다.

레드 할아버지는 이마로 흘러내린 땀을 손등으로 쓰윽 닦았다.

"옛날엔 겨울이 지나면 봄이라고 불리는 계절이 왔는데……. 이젠 겨울이 끝나면 바로 여름이 시작되니, 원."

"아직 3월인걸요. 좀 더 선선한 날이 올지도 모르죠."

내 말에 할아버지가 어깨를 으쓱했다.

"그럴지도 모르지. 하지만 눈이 너무 많이 녹아서 해마다 홍수가 일어나는 게 큰 문제야. 땅이 진창이 되는 것도 그렇고. 어쨌든 씨앗을 여기에 심으면 그런 문제는 생기지 않을 거야."

나는 고개를 끄덕이면서도 대체 씨앗을 어디에 심는다는 건지 궁금했다.

"내일 세 시에 만나자. 페스터 씨가 방법을 찾았다면 텃밭을 만들 수 있을 거야. 네가 새장 청소를 도와줬으니, 이번엔 내가 널 도와줄게. 알겠지?"

할아버지는 대답을 기다리지도 않고 성큼성큼 걸어서 옥상을 빠져나갔다. 나는 할아버지를 따라서 계단으로 급히 뛰어갔다.

"어디 가세요?"

지금껏 단 한 번도 할아버지에게 혼자 있을 때 무엇을 하는지, 혹은 어디에 가는지 물어본 적이 없었다. 그런데 새장에 있던 할아버지의 침낭이 갑자기 없어져 버렸다. 어디에 살 곳을 따로 마련한 것인지 궁금하던 차였다.

"여자 친구와 함께 저녁 식사를 하기로 했어!"

할아버지의 뺨이 붉게 물든 걸 보니 농담은 아닌 듯했다. 나는 할아버지가 무안하지 않도록 얼른 대답했다.

"잘됐네요. 저도 기뻐요!"

진심으로 한 말이지만 한편으로는 질투가 났다. 할아버지는 지난 일주일 동안 온전히 나만의 친구였다. 게다가 옥상 정원 프로젝트를 진행하려면 한동안 할아버지의 도움이 필요할 터였다. 나 혼자서는 결코 할 수 없는 일이었다. 그런데 할아버지가 여자 친구 때문에 바빠져서 프로젝트를 진행할 시간이 없어지면 어떡하지? 자꾸만 그런 생각이 들어서 괜스레 불안해졌다.

나는 이층 층계참에서 할아버지와 헤어진 뒤 터덜터덜 걸어서 집으로 갔다. 이런저런 복잡한 생각에 빠진 채 걷느라 넋이 반쯤 나가 있었다. 집에 다 온 것 같아 고개를 든 순간, 나도 모르게 그대로 얼어 버렸다.

문 앞에 내 또래로 보이는 여자아이와 남자아이가 서 있었다. 나는 그 애들을 멍하니 바라보았다. 남자아이가 옆구리를 쿡 찌르자 여자아이가 나를 힐끔 쳐다보았다. 남자아이는 짧고 까만 곱슬머리였고, 여자아이는 어깨까지 내려오는 긴 생머리였다. 남자아이는 헐렁한 청바지를, 여자아이는 노란색 레깅스에 물개 가죽 조끼를 입고 있었다. 가만히 보니, 옆 건물에 사는 쌍둥이였다. 혹시 나를 만나러 온 건가? 대박!

나는 무슨 일이 벌어질지 상상도 못 한 채 그 애들 쪽으로 쭈뼛쭈뼛 다가갔다. 우리 집에는 제니 언니나 언니의 전남편들, 잰 오빠의 가족을 비롯한 친척들을 제외하면 손님이 찾아온 적이 거의 없었다. 고객들이 집에 올 일도 없었고, 교류하는 이웃도 전혀 없었다. 더군다나 내 또래의 손님이라니!

아무 말 없이 서로 멀뚱멀뚱 쳐다만 보고 있는데, 남자아이가 먼저 용기를 내어 말을 꺼냈다.

"안녕? 우린 옆 건물에 살아."

목소리 톤이 무척 높았다. 어쩌면 남자가 아닐지도 모른다는 생각이 들었다. 곧바로 여자아이가 덧붙였다.

"우린 너한테 관심이 있어. 가끔 만나서 같이 놀지 않을래?"

나는 심장이 쿵쾅대는 걸 느끼면서 새 친구들을 만나러 한 발짝 더 앞으로 걸어갔다.

그날 저녁에는 3D 참치 캐서롤을 두 숟가락 정도 먹었다. 진짜 생선이 들어 있는지 궁금해졌다. 식탁을 치우려고 벌떡 일어서자 아빠가 인상을 찌푸렸다. 그러자 엄마가 내 팔을 잡고 나긋나긋하게 말했다.

"뒷정리는 엄마가 할 테니까 얼른 방에 가서 공부해."

야간 근무를 해야 하는 틸라는 여태 식탁에 있었고, 카마라는 어디로 나갔는지 코빼기도 안 보였다. 카마라는 워낙에 비밀이 많은 아이라서 요새 뭘 하고 다니는지 아무도 몰랐다. 어찌 됐든 모처럼 방을 독차지할 절호의 기회였다.

나는 엄마의 뺨에 입을 맞추고는 신이 나서 방으로 껑충껑충 뛰어갔다. 그러고는 새로 사귄 친구들을 만나기 위해 스크린에 접속했다. 다갈색 얼굴이 금세 눈앞에 나타났다. 쌍둥이의 까만 눈동자가 스크린 저편에서 반짝거렸다. 우리 가족처럼 미국에서 온 것이 확실한 듯했지만 예의상 굳이 물어보지는 않았다.

"혹시 밖에 나온 거 들켰어?"

두 아이는 부모님에게 허락도 받지 않고 몰래 집을 빠져나와 나를 만나러 온 것이었다. 쌍둥이의 부모님은 우리 부모님만큼이나 엄격한 모양이었다. 아까 집 앞에서 만났을 때 서로의 이름과 온라인 연락처만 잽싸게 교환하고 헤어졌다. 이제야 제대로 인사를 나누었다. 그새 서로 친해진 듯한 기분이 들었다. 어쩌면 비밀을 공유하고 있기 때문인지도 몰랐다.

"우린 몸속에 칩이 있어서 부모님이 마음만 먹으면 언제든지 위치를 알 수 있어. 거의 온종일 일을 하고 있어서 24시간 내내 감시할 수는 없겠지만."

다르의 말에 드루가 고개를 끄덕였다. 드루는 다르에 비해 말수가 적었다. 얼굴만 봐도 수줍음이 많고 내성적이라고 딱 쓰여 있었다. 그래도 꽤 똑똑했다.

“너도 칩 있어?”

다르가 내게 물었다. 내 등 위쪽에 ‘위치 추적기’를 심었는지, 그래서 우리 부모님이 나를 스크린으로 감시할 수 있는지 묻는 것이었다. 다행히 나에게는 칩이 없었다. 만일 그랬다면 진작에 외출 금지를 당했을 것이다. 옥상에서 노숙자와 시간을 보내는 것도 모자라 함께 바깥을 싸돌아다녔으니 가만둘 리가 없었다.

나는 칩이 없다고 말했다. 그러자 다르는 칩 때문에 자신들이 얼마나 자유롭지 못한지 한참 동안 불평을 토로했다.

“무지 따분해. 우리 둘이 같이 있는데도 그래. 온라인 수업은 재미없고, 집에서도 딱히 할 일이 없어. 그치?”

다르가 묻자 드루가 고개를 끄덕였다. 드루는 다르에게 말할 기회를 다 양보하는 듯했다.

“우린 그동안 망원경으로 널 쭉 지켜봤어. 사실은 사람들을 몰래 훔쳐 보는 걸 좋아하거든. 너도 그렇잖아?”

다르의 말에 얼굴이 화끈 달아올랐다.

“네가 옥상에서 빨간 머리 할아버지랑 새들하고 같이 있는 거 봤어. 대체 거기에서 뭘 하는 거야?”

나는 레드 할아버지와 비둘기, 그리고 새장 이야기를 해 주었다.

하지만 씨앗이나 정원 이야기는 하지 않았다. 내일 씨앗을 얻는데 성공하면 그때 정원 프로젝트에 대해 털어놓을 생각이었다. 혹시라도 씨앗을 얻지 못하면 나를 허풍쟁이라고 생각할 수도 있으니까.

"그런데 조니, 너 혹시 양성이야? 내 생각엔 여자가 되려는 것 같은데……, 맞지?"

나는 다르의 직설적인 질문에 적잖이 당황했다. 정말이지 거침없는 아이였다. 나는 어떻게 대답해야 할지 몰라 조금 망설였다. 지금껏 그런 질문은 한 번도 받은 적이 없었다. 그런 걸 대놓고 묻는 사람은 없었으니까. 머릿속이 하얘져서 침만 꿀꺽 삼켰다. 나는 누굴까? 나중에 뭐가 될까? 나도 잘 모르겠다.

다르가 태평스럽게 어깨를 으쓱했다.

"내가 사람을 좀 잘 봐서 웬만하면 다 구분할 수 있거든. 나도 양성이야. 남자가 되는 중이고. 그건 의심의 여지가 없지."

다르의 확신에 찬 말에 조금 충격을 받았지만 한편으로는 속이 시원했다.

"난 지금은 여자야. 계속 그렇게 살지는 나도 잘 모르겠어. 넌 어떻게 결정한 거야?"

내 물음에 다르가 우스꽝스러운 표정을 지었다.

"쌍둥이 중 하나가 이미 여자니까. 여자는 하나면 충분하잖아."

다르가 드루를 가리키더니, 손을 자기 귀 옆에 대고 팔랑거렸다. 드루가 다르의 팔을 찰싹 때리며 깔깔 웃었다.

우리는 학교생활에 대해서도 이야기를 나누었다. 온라인 수업에서 가르치는 건 뭐든 스크린에서 쉽게 찾을 수 있어서 도무지 흥미가 생기지 않는다는 데서 의견을 같이했다. 수업 시간에 배운 것들을 활용할 수 있는 기회가 거의 없다는 데도 서로 동의했다.

쌍둥이는 나보다 한 살 위였는데, 고등학교 과정을 거의 마쳤다고 했다.

"드루는 컴퓨터 전문가이고, 난 글 쓰는 데 소질이 있어. 그래서 과제할 때 상부상조하는 편이지."

꽤 괜찮은 분업이었다. 내심 부러웠다.

쌍둥이는 자기 가족 이야기도 했다. 듣고 보니 그 집에도 나이 많은 형제자매가 북적거렸다. 사람이 하도 많아서 그들의 이름과 나이를 듣고도 다 기억하지 못할 정도였다. 아빠는 청소 용역 업체를 운영했고, 엄마는 출장 간호사였다. 부모님이 집에 있는 시간이 많지 않다는 게 단번에 이해가 되었다. 우리 집과는 완전 반대였다.

다르가 덧붙여 말했다.

"엄마는 지금 저지대에서 난민들을 돕고 계셔."

"우아, 대박!"

내가 감탄을 쏟아 내자, 쌍둥이가 동시에 어깨를 으쓱했다.

"엄마는 전에도 전쟁 난민들을 도왔어."

그 말인즉슨, 쌍둥이의 부모님도 우리 부모님처럼 나이가 아주 많다는 뜻이었다. 이주 기간 동안 미국 정부가 인구 감소를 염려해 기후 난민들에게 제공했던 임신 촉진제를 복용한 모양이었다. 우리 엄마도 그 약을 먹었다. 하지만 이제는 그런 걸 먹는 사람이 없었다. 집과 먹거리를 구하는 일이 더 시급한 문제였기 때문이다. 쌍둥이와는 처지가 비슷해서 여러모로 잘 통했다.

"내일 온라인 수업 끝나고 옥상에서 만날래?"

내 말이 끝나기가 무섭게 쌍둥이는 동시에 좋다고 외쳤다.

그 뒤로도 한참 동안 이런저런 이야기를 나누었는데, 어느 순간 카마라가 방으로 불쑥 들어왔다. 머리는 여전히 백발이었다. 나를 보자마자 방해가 된다는 듯이 얼굴을 찌푸렸다. 나는 혀를 날름 내민 뒤 친구들과 작별 인사를 했다.

"누구야?"

카마라가 내 어깨 너머로 몸을 구부려 스크린을 보며 물었다.

"나도 친구라는 게 있거든!"

제법 퉁명스럽게 쏘아붙였는데, 놀랍게도 카마라가 내 정수리에 입을 맞추었다.

"잘됐네."

카마라는 평소와 달리 기분이 아주 좋아 보였다. 나는 이층 침대에 올라가 휴대용 스크린을 켜는 카마라를 빤히 쳐다보았다. 그러다가 마침내 그것을 발견하고 말았다. 내 조카를 너그럽게 만든 바로 그것을!

"언제 받은 거야?"

카마라는 무슨 소리냐는 듯한 표정으로 나를 빤히 내려다보았다. 나는 오른손 약지를 들어 까딱거렸다. 그러자 카마라가 갑자기 울음을 터뜨렸다. 나는 자리에서 벌떡 일어나 이층 침대로 달려갔다.

"제발 아무에게도 말하지 말아 줘. 프레슬리가 돌아올 때까지는 갈 데가 없단 말이야."

카마라가 애원하다시피하며 말했다.

"그래그래, 알았으니까 걱정하지 마."

나는 카마라를 안심시켰다. 이기적이고 게으른 데다 콜센터 일을 돕지도 않지만, 부모님이 카마라를 내쫓을 일이 없다는 것쯤은 누구보다 잘 알고 있었다.

잠시 후, 기운을 차린 카마라가 다이아몬드처럼 생긴 보석을 물끄러미 바라보며 말했다.

"예쁘지? 프레슬리가 보낸 거야. 시내에 있는 드론 택배사에서 찾아왔어. 달에서 돌아오는 대로 뉴질랜드 우주 왕복선 발사 센터에서 결혼할 거야. 그다음엔 프레슬리 가족과 함께 호주의 앨리스 스프링스에서 살게 될 것 같아."

나는 카마라를 꼭 안아 주었다. 보석이 박힌 가느다란 금반지가 무척 예쁘다고 추켜세우면서. 카마라뿐만 아니라 나에게도 잘된 일이었다. 방을 나눠 쓸 조카가 한 명 줄어드는 거니까.

나는 한껏 들뜬 채 샤워를 하러 욕실로 갔다. 카마라는 곧 이 방을 떠날 테고, 한꺼번에 새 친구가 둘이나 생겼다. 아니, 레드 할아버지까지 세 명인가? 그야말로 오늘은 내 인생 최고의 날이었다.

유전자 조작 씨앗

약속 시간이 다 되었는데도 레드 할아버지는 나타나지 않았다. 나는 할아버지를 기다리는 동안, 집에서 가져온 포장재 한 뭉치를 새장의 자재 더미 위에 쌓았다. 그러고는 티끌 하나 없이 깨끗한 새장을 구석구석 세세히 살펴보았다. 살랑살랑 바람이 불어오자 횃대가 슬며시 흔들렸다. 양철 지붕은 오후의 햇살을 받아 반짝반짝 빛났다. 웬일인지 새장 안이 텅 비어 있었다. 비둘기도, 레드 할아버지도, 할아버지의 소지품도, 심지어 3D 쿠키 상자조차 없었다.

늘 가던 벤치에 앉아서 쌍안경으로 쌍둥이네 집을 관찰했다. 아이들 역시 보이지 않았다. 거리의 노숙자들이나 이웃집들을 기웃거려 봐도 이젠 지루하기만 했다. 나는 요즘 '진짜 인생'을 살고 있었다. 그래서인지 다른 사람들의 삶을 엿보는 것이 더 이상 흥미롭지 않았다.

해가 뉘엿뉘엿 기울어질 때까지 할아버지를 기다렸다. 혹시 페스터 할아버지가 토종 씨앗을 찾지 못한 걸까? 레드 할아버지가 그 소식을 듣고 너무 실망한 나머지, 차마 오지 못한 게 아닐까? 설마 새장과 프로젝트 같은 건 다 내팽개쳐 버리고 모든 에너지를 여자 친구에게 쏟아붓는 거면 어떡하지? 그렇다고 해도 원망할 수는 없었다. 할아버지도 엄연히 행복을 누릴 권리가 있으니까.

그런데 다르와 드루는 왜 안 오는 걸까? 그 애들은 늘 함께 있으니까, 어쩌면 나만큼 간절하게 친구를 보고 싶어 하지 않을지도 몰랐다. 문제는 그 애들을 알고부터 내 외로움이 더 커졌다는 데 있었다.

나는 한숨을 푹 내쉬며 자리에서 일어났다. 언제나 사람들로 북적대지만, 점점 더 외로움이 짙어지는 집을 향해 어슬렁어슬렁 걸어갔다. 그때 옥상 문이 벌컥 열리더니, 레드 할아버지와 쌍둥이가 함께 나타났다.

"조니, 늦어서 미안해. 오늘 아주 굉장한 하루를 보냈거든! 좋은 소식을 가지고 왔어. 아, 그리고 여기 오는 길에 복도에서 재미난 친구들을 만났는데, 마침 네 친구라고 하더구나."

나는 활짝 웃고 있는 할아버지에게 달려가 덥석 안겼다. 할아버지는 웃으며 내 머리를 다정하게 쓰다듬었다.

"잠깐만, 꼬마 친구. 일단 씨앗부터 봐야지?"

할아버지의 말에 다르가 참지 못하고 불쑥 끼어들었다.

"무슨 씨앗이요? 비둘기 먹이예요?"

나는 제자리에서 폴짝폴짝 뛰며 빙그르르 한 바퀴 돌았다.

"비둘기들을 위한 것이기도 하고, 또 여기에 직접 심기도 할 거야. 진짜 먹거리를 위한 정원을 만드는 게 우리의 프로젝트거든. 너희도 도와줄래?"

"좋아!"

다르와 드루가 동시에 대답하자, 할아버지가 큰 소리로 껄껄 웃었다.

"내가 뭐랬니? 재미난 친구들이랬지? 얘들아, 이리 와 봐."

우리는 할아버지를 따라 새장으로 갔다. 다르가 비둘기들이 어디에 있는지 묻자, 할아버지가 잠깐 기다려 보라고 했다. 나는 조바심을 내며 씨앗을 보여 달라고 졸랐다.

"그 전에 내 얘기부터 들어 볼래?"

나는 애써 침착한 척하며 할아버지의 말에 귀를 기울였다.

페스터 할아버지는 먼저 종자 은행 책임자에게 레드 할아버지로부터 연락이 갈 거라는 말을 전했다. 종자 은행 책임자는 레드 할아버지의 옛 친구였다. 그런데 어쩐 일인지 할아버지가 자길 버렸다고 오해하고 있는 상황이었다. 그 사람을 설득하는 데 시간이 꽤 오래 걸렸지만, 어쨌든 마침내 방문을 허락받게 되었다. 레드 할아버지는 바로 그곳으로 달려가 엄청난 규모의 종자 은행을 두 눈으로 확인했다.

그때 비둘기 몇 마리가 우리 발치에 날아와 앉았다. 드루가 바닥에 쪼그리고 앉아 비둘기들을 불렀지만, 새들은 큰 원을 그리며 레드 할아버지 쪽으로 몰려갔다.

"요즘 씨앗은 대부분 유전자가 조작된 것들이라서 특허권으로 보호를 받고 있어. 한마디로, 자연에서 얻은 씨앗이 아니지. 그래서 특허받지 않은, 즉 유전자 변형이 되지 않은 채 수백만 년 동안 전해 내려오는 씨앗들은 구하기가 쉽지 않아."

할아버지의 이야기를 곰곰이 듣고 있던 드루가 벌떡 일어나 대화에 끼어들었다.

"스발바르 국제 종자 저장고가 있잖아요?"

"그래, 스발바르는 아주 굉장한 프로젝트였지. 세계의 모든 씨앗들을 보존해 유전적 다양성을 보호하려는 목적으로 진행되었어. 수세기에 걸쳐 매우 다양한 종류의 씨앗들을 특별 제작된 지하 저장고에 보관했거든. 그것도 여기서 그리 멀지 않은 노르웨이 해안에 말이야."

"우아, 굉장하네요!"

나는 그곳에서 씨앗을 얻을 수 있을지도 모른다고 기대하며 잔뜩 흥분했다. 하지만 할아버지는 얼굴을 찌푸리며 고개를 절레절레 흔들었다.

"안타깝게도 십 년 전에 사라졌어. 그것도 자연재해가 아니라 사람들이 파괴를 해서……. 하지만 그 사실을 제대로 아는 사람은 거의 없어. 외부로 알려지지 않았으니까."

할아버지가 의미심장한 표정으로 나를 바라보았다.

"그게 바로 너희가 매일 보는 스크린에서는 결코 알려 주지 않는 진실이란다. 잘 기억해 둬."

쌍둥이 남매와 나는 서로를 멀뚱멀뚱 쳐다보았다. 다르는 못마땅하다는 듯이 인상을 팍 썼고, 드루는 애꿎은 시멘트 바닥을 발로 툭툭 찼다. 할아버지는 다시 말을 이었다.

"거기 말고도 런던, 상트페테르부르크, 시드니에도 종자 은행이 비밀리에 존재했어. 하지만 그곳들마저 과학 전쟁의 여파로 죄다 사라져 버렸지. 결국은 과학의 종말과 함께 너희 청소년들의 미래까지 빼앗은 거야."

그때 다르가 고개를 갸우뚱거리며 물었다. 내가 좀 더 빨리 했어야 하는 질문이었다.

"그런데 어째서 저흰 그런 사실을 전혀 몰랐던 거예요? 학교에서 역사와 과학을 배우잖아요? 그런데도 종자 은행이나 과학 전쟁에 대해선 한 번도 듣지 못한걸요."

"너희가 그런 사실을 모르는 건 학교에서 가르치지 않기 때문이야. 대중 매체를 소유하고 학교를 운영하는 건 세계 정부인데, 그 정부를 움직이는 건 부자들이거든. 너희가 수업 시간에 무엇을 배울지, 스크린에서 어떤 정보에 접근하게 할지를 결정하는 게 바로 그들이지. 지구상에서 벌어지는 갖가지 일을 사람들에게 알리지 않는 것 또한 바로 그들의 결정이야."

할아버지의 이야기를 듣고 있자니 점점 우울해지기 시작했다. 이건 우리가 도저히 어떻게 할 수 없는, 너무나도 큰 문제였다.

"그럼 우리가 할 수 있는 건 뭐예요?"

내가 심각한 얼굴로 묻자, 할아버지가 손에 든 비닐봉지를 앞으로 쓱 내밀었다.

"이걸 심어서 먹거리를 재배하는 거지. 너희와 가족이 충분히 먹을 수 있을 만큼 재배해서 자급자족을 하는 거야. 그리고 씨앗을 모아서 다른 이들과 나누는 거지. 내가 도와줄게. 아마 새들이

크게 도움이 될 거야."

"그래, 조니. 우리도 도울게!"

다르가 큰 소리로 말하자, 드루가 힘차게 고개를 끄덕였다.

어느덧 어두컴컴해진 하늘에 노랗고 둥근 달이 떠 있었다. 우리는 다음 날 오후에 다시 만나기로 약속했다. 할아버지는 텃밭 만드는 방법을 알려 주겠다고 했다.

할아버지가 씨앗 봉지를 호주머니에 넣었다. 그 순간, 중요한 이야기를 미처 듣지 못했다는 생각이 퍼뜩 들었다.

"어, 종자 은행 이야기는……."

"그 이야길 하려고 했는데 갑자기 화제를 돌린 게 누구였더라?"

나는 할아버지의 옷소매를 잡아당겼다.

"알았어요. 이제 들을 준비가 됐으니까 얼른 말씀해 주세요."

할아버지는 언짢은 듯이 콧방귀를 꼈지만, 계단을 내려가면서 말문을 열었다. 페스터 할아버지가 웨스트 샤메드의 어느 변두리 주소를 알려 주었다나?

"궁색하긴 했지만 그리 나쁜 곳은 아니었어."

나는 한 번도 웨스트 샤메드에 가 본 적이 없었다. 우리가 사는 동부는 이주민 지역이었다. 이곳에는 대가족이 함께 일을 하면서 겨우겨우 살아가는 사람들이 많았다. 반면에 웨스트 샤메드에는 노숙자를 비롯해 찢어지게 가난한 이들이 사는 텐트촌이 끝없이 펼쳐져 있다고 들었다.

“거리를 걷다 보니 그곳 아이들을 도와야 한다는 생각밖에 안 들더구나. 초점 없이 흐리멍덩한 눈에 배만 불룩한 그 애들이 어찌나 가엾던지. 하지만 나라고 딱히 줄 게 있어야 말이지.”

할아버지는 진심으로 마음 아파했다. 나는 할아버지의 커다란 손을 슬그머니 잡았다.

“어쨌든 주소지로 찾아가 보니 오래되었지만 멀쩡해 보이는 창고가 하나 있었어. 벽돌로 지은 외벽에 거대한 미닫이문이 있었는데, 그 안으로 어떻게 들어가야 하는지 몰라서 난감해하다가 문 옆에 있는 벨을 눌렀지.”

우리는 층계참에서 걸음을 멈추었다. 뒤따라오던 쌍둥이도 멈춰 서서 할아버지 이야기에 귀를 기울였다.

“몇 분이 지나도록 아무 반응이 없어서 포기하고 돌아서려는데, 그 큰 철문이 스르륵 열리지 않겠니? 그러고는 허리가 굽은 노부인이 나에게 묻더라고. ‘자네가 혹시 에버렛인가?’ 하고 말이야.”

“에버렛이 누구예요?”

“내 이름이야. 레드는 친구들이 부르는 별명이고.”

우리가 피식거리며 웃자, 할아버지가 도끼눈을 떴다. 아마도 놀

린다고 생각한 모양이었다.

"그분은 내가 다녔던 대학교에서 식물학을 가르치시던 교수님이었어. 음, 젊었을 때 대학에서 생명 공학을 전공했거든. 박사 학위를 받으려고 했는데 결국 실패했지. 사는 게 계획대로 되진 않더라고."

할아버지도 어렸을 때 나처럼 생명 공학을 좋아했다니……. 그리 놀랍지는 않았다. 우리가 잘 통하는 이유를 알 듯했다.

"창고 내부를 죽 둘러봤는데 정말로 놀라웠어. 너희 말로 완전 대박이었지. 아주 어마어마한 규모의 온실이었는데, 농장의 실내 축소판 같달까? 아름다운 꽃들이며, 잎이 무성한 덩굴들이며, 온갖 과일과 채소들까지……. 내부는 이층으로 되어 있었는데, 태양 전지판에 스펙트럼 조명, 특수 온도 조절 장치와 관개 시스템까지 갖추고 있었지. 이 모든 걸 특별히 고안된 컴퓨터 프로그램으로 관리하고 있었더라고. 눈으로 보고도 도저히 믿기지 않는 곳이었어."

그토록 초라한 동네의 오래된 창고에 어떻게 그렇듯 놀라운 농장이 있는지 의아했다.

"그런 최첨단 시설을 갖추고 관리를 하려면 돈이 많이 들 텐데요? 그런 돈은 다 어디에서 나올까요?"

할아버지가 계단을 내려가면서 대답했다.

"세상에는 이기적인 부자들만 있는 게 아니야. 인정 많은 부자도 있거든. 과학의 발달을 모두의 복지를 위한 도구라고 여기는……. 인간뿐만 아니라 동물들도 건강할 권리가 있다고 믿는 사람들 말이야. 그들은 자연의 존엄성을 믿지. 지구에서 생존하고 번성할 권리라고 하면 이해가 되겠니? 그런 사람들은 그 믿음을 실천하는 일에 기꺼이 자금을 지원하지. 그 덕분에 지금도 전 세계에서 놀라운 프로젝트가 아주 많이 진행되고 있어. 이런 것도 스크린에서는 절대로 찾을 수 없는 이야기지만. 어쨌든 우리 교수님께서 그런 프로젝트 중 하나를 이 도시에서 맡고 계셨던 거야."

우리는 할아버지의 말을 한 마디도 놓치지 않기 위해 집중을 했다. 할아버지는 다음 층계참에서 또 멈춰 섰다.

"조니, 교수님이 네 프로젝트에 관심을 보이셨어. 그래서 우리한테 씨앗을 주기로 하신 거지."

그 순간, 심장이 어찌나 빨리 뛰는지 숨이 막힐 지경이었다. 나의 정원 프로젝트를 지지해 주는 진짜 과학자가 두 명이나 된다니! 아직 어린 나이지만 세상을 위해 뭔가 중요한 일을 할 수 있을지도 모른다는 기대감이 마구 샘솟았다.

잠시 후, 로비에 도착하자 할아버지가 씨앗이 담긴 비닐봉지를 건넸다.

"모든 것이 다 준비될 때까지 안전하게 보관해 줘."

나는 그러겠다고 약속했다. 할아버지는 곧 떠났다. 뒤를 한 번도 돌아보지 않은 채 우리에게 손을 흔들고는 이내 문밖으로 나섰다.

우리는 머리를 맞대고 옹기종기 모여서 봉지 속을 살펴보았다. 씨앗 몇 알을 조심스럽게 꺼내 손바닥에 올려놓고서 자세히 관찰했다. 어떤 것은 까슬까슬했고, 또 어떤 것은 매끈했다. 미세하게 검은 점이 나 있는 씨앗도 두 개 있었다. 하나는 레몬처럼 연노란색이었고, 다른 하나는 카마라의 머리처럼 흰색이었다.

"이렇게 보잘것없이 작은데 그렇게 큰 에너지를 가지고 있단 말이지?"

"응, 우리처럼."

드루의 말에 다르가 고개를 끄덕였다.

우리는 서로 주먹을 맞부딪친 뒤 헤어졌다. 나는 씨앗 봉지를 바지 주머니 깊숙이 밀어 넣고 집으로 달려갔다.

진짜 먹거리

침대에 가만히 누워 있는데도 온몸이 쑤시고 다리가 저렸다. 드루의 말에 따르면, 과도한 노동이 인체에 미치는 생리학적 영향이라나? 전문 용어로는 '하지 불안 증후군'이라고 했다. 이른바 지난 몇 주 동안 옥상에 정원을 만드느라 중노동을 한 결과였다.

카마라는 이층 침대 위층에 누운 채 휴대용 스크린으로 남자 친구와 채팅을 하며 연방 시시덕거렸다. 온몸으로 낄낄대는 통에 매트리스가 들썩이면서 스프링이 삐걱거리는 소리가 났다. 나는 위에서 들려오는 소음을 자장가 삼아 스르르 잠이 들었다.

정원을 만들기 시작한 지 벌써 사 주일이 흘렀다. 처음엔 텃밭용 화단을 하나 만든 다음에 흙을 채워 넣을 작정이었다. 하지만 어쩌다 보니 화단을 열네 개나 더 만들었다. 처음 만든 화단이 마음에 쏙 든 나머지, 레드 할아버지가 자꾸 늘렸기 때문이다.

정원을 만드는 일은 여간 힘든 게 아니었다. 나는 매일 저녁 땀 범벅이 된 채 지저분한 몰골로 집에 돌아왔다. 옥상에 올라가서 대체 뭘 하는지 물어볼 법도 하지만, 엄마는 끝내 아무것도 묻지 않았다. 아마도 카마라의 약혼 소식에다 모나코와의 계약에 따른 업무로 바빠서 정신이 없는 모양이었다. 이제는 모나코란 말만 들어도 기분이 팍 상했다. 악랄한 독점 기업, 씨앗 지배자!

한밤중에 잠이 설핏 깨어서 옆으로 돌아눕다가 나도 모르게 몸을 움찔했다. 갈비뼈 주변의 근육이 욱신거렸다. 무거운 것들을 옥상으로 들고 나른 탓이었다. 그런데 근육통 말고도 나를 괴롭게 만드는 게 있었다. 바로 죄책감이었다. 가족이 전 세계 식품 공급을 독점하는 기업을 위해 열심히 일하는 동안, 옥상의 정원에 토종 씨앗을 심는 것도 모자라 그것을 널리 퍼뜨리려는 계획을 세우고 있으니까.

나는 나직하게 앓는 소리를 내며 다시 바닥에 등을 대고 누웠다. 이것이야말로 어른들의 세계에서 벌어지는 '이해 충돌'의 상황이었다. 이런 문제로 부모님과 사이가 틀어지고 싶지는 않았다. 언젠가 내가 신선한 채소 한 묶음을 들고 나타나는 날, 부모님이 꼬치꼬치 캐묻지 않고 그저 기뻐하기만을 바랐다. 또, 내가 매일매일 옥상에서 낯선 이들과 시간을 보낸 사실도 개의치 않기를…….

나는 한숨을 푹 내쉬며 눈을 질끈 감았다. 마음속에 차오르는 온갖 걱정과 근심을 지워 보려고 애썼다. 사실 너무 지쳐서 고민할 기운마저 없었다. 그날 오후는 유독 힘에 부쳤다. 날이 어찌나 뜨겁던지, 적어도 기온이 16도쯤은 되었던 것 같다. 이제 고작 4월인데! 이렇게 더운 날에 드디어 마지막 화단을 완성했다.

열다섯 개의 텃밭 화단은 각각 가로 150센티미터, 세로 90센티미터, 높이 60센티미터 정도 되었는데, 햇빛에 최대한 노출되고 적절히 배수가 되도록 만들었다. 할아버지는 주변 골목과 쓰레기통에서 주워 온 나무 판자로 화단을 만드는 것보다 옥상까지 흙을 나르는 일이 훨씬 더 힘들 거라며 단단히 겁을 주었다. 망치, 못, 톱을 비롯해 다른 도구들을 어디에서 구했는지 물었을 때, 할아버지는 씩 웃으며 늘 하던 식의 대답을 했다.

"도시 곳곳에 친구들이 있거든."

다르와 드루는 나만큼이나 이 프로젝트에 푹 빠져 있었다. 몸에 위치 추적 장치를 달고 있긴 하지만, 부모님이 일하느라 너무 바빠서 자기들이 어디에 있는지 신경 쓰지 않을 거라고 장담했다. 우리는 저녁 시간에 늦지 않게 집으로 돌아가 부모님이 걱정할 일이 없도록 했다.

저녁 식사 후에 스크린에서 만나 채팅을 할 때도 있었다. 하지만 카마라가 있을 때는 프로젝트 이야기를 하지 않았다. 이제는 나에게도 사생활이라는 게 생겼다. 틸라도 내가 요즘 무슨 일을 하고 다니는지, 누구와 채팅을 하는지 전혀 알지 못했다.

나는 어두운 방 안에 누운 뒤, 바지 주머니 속에 넣어 둔 씨앗 봉지를 꺼냈다. 지금이라도 당장 그것들을 흙 속에 심고 싶었다. 씨앗들이 땅속에서 싹을 틔워야 할 봄인데도 여태 씨앗 심을 준비를 마치지 못했다. 게다가 급수 장치를 설치하는 일도 남아 있었다.

모든 것이 다 준비되려면 시간이 더 걸릴 텐데, 그사이에 씨앗들이 망가질까 봐 조마조마했다. 꽁꽁 언 시베리아의 땅속에 삼만 이천 년이나 묻혀 있던 씨앗들이 싹을 틔웠다는 페스터 할아버지의 이야기를 떠올리며 애써 조바심을 가라앉혔다. 내 씨앗들도 이 시간을 잘 버텨서 조만간 여리고 순한 싹을 틔울 거라고 믿어 보기로 했다.

문득 오늘 오후에 레드 할아버지가 한 말이 떠올랐다.

“이제부터 가장 중요한 건 화분에 좋은 흙을 채운 다음에 물을 충분히 공급하도록 급수 장치를 설치하는 거야. 그 일이 끝나야 씨앗을 심을 수 있어."

날마다 중노동의 연속이었지만 벅찬 희망이 곁에 있었다. 나는 잠이 들었다 깼다 하면서도 씨앗 봉지를 손에 꼭 쥔 채 미소를 함빡 지었다.

어느 순간, 꿈속에서 거대한 정원을 거닐고 있었다. 높이가 대략 30미터쯤 되는 울창하고 화려한 정원이었다. 강렬한 초록색 식물에 어마어마하게 큰 형광빛 꽃들이 피어 있었다. 거대한 나무들은 하늘로 쭉쭉 솟아 구름 높이까지 가지를 뻗었다. 나는 울창한 숲을 거닐며 잘 익은 과일을 따 먹고, 광활하게 펼쳐진 초록빛 밭을 거닐었다. 거대한 고무공처럼 보이는 토마토를 한 입 깨물자 시큼하고 달큰한 과즙이 턱으로 줄줄 흘렀다. 그야말로 맛이 끝내줬다.

시간이 얼마나 흘렀을까? 불현듯 잠에서 깨어나 보니, 틸라가 인상을 잔뜩 쓴 채 나를 내려다보고 있었다.

"괜찮아? 끙끙 앓던데."

"모르겠어. 어지럽고 기운이 없어."

틸라가 내 이마에 손을 얹었다.

"이런! 펄펄 끓잖아. 찬물 좀 가져올게."

얼마 후, 다시 나타난 틸라가 물 한 잔을 건넸다. 엄마도 보였다.

"고마워. 이제 좀 괜찮아졌어."

시원한 물을 마시자 기분이 한결 나아졌다. 엄마가 내일은 누워 있는 게 좋다고 말했지만, 나는 그러고 싶지 않다고 고집을 부렸다.

엄마가 내 등을 손으로 살살 문지르며 말했다.

"넌 참 용감한 아이야. 마음만 먹으면 뭐든 할 수 있을 거야."

나는 그러면 좋겠다고 생각하며 다시 스르르 잠에 빠져들었다. 엄마는 내가 잠들 때까지 옆에 가만히 앉아 있었다.

다음 날 아침, 평소보다 조금 늦게 일어났는데도 여전히 몸이 피곤했다. 그래도 자리를 박차고 일어나 움직이자 기분이 그럭저럭 괜찮아졌다. 옥상에 올라가기 전에 온라인 수업을 듣고 지난밤에 다 하지 못한 수학 숙제를 끝마쳐야 했다.

아침부터 후딱 먹으려고 주방에 가 보니, 엄마가 식탁에 앉아서 커피를 마시고 있었다. 지금쯤이면 원래 스크린 앞에 앉아서 회계 업무를 하거나 업무상 전화 통화를 할 시각이었다. 보아하니 나를 기다린 것 같았다.

"조니, 몸은 좀 어때?"

엄마의 창백한 얼굴에 주름이 깊게 팼다.

"좋아요. 조금 피곤하지만 이제 괜찮아요."

나는 활짝 웃으며 대답했다. 그렇잖아도 걱정할 일이 많은 엄마에게 걱정거리를 더 안겨 주고 싶지 않았다.

"그나저나 배고파서 죽겠어요."

진심이었다. 간밤의 꿈이 식욕을 돋운 듯했다. 3D 프린터로 팬케이크 구울 준비를 하는데 엄마가 다시 물었다.

"요즘 매일 무슨 일을 하고 다니는지 엄마한테 말해 봐. 그냥 걱정이 돼서 그래. 요즘 밤마다 무척 지쳐 보이던데? 정신도 딴 데 팔려 있고."

맞는 말이었다.

"온라인 친구들이 생겼어요. 요 근처에 사는데, 과학 프로젝트를 같이하고 있어요."

최대한 솔직하게 대답했다. 그게 전부는 아니었지만. 엄마가 더 이상 묻지 않기를 속으로 빌었다.

"그래? 잘됐네. 그 전부터 친구들을 사귀고 싶어 했잖아? 또래가 맞긴 하지?"

나는 거짓말을 하지 않으려고 애썼다.

"네, 열일곱 살 쌍둥이 남매예요."

엄마랑 나이가 얼추 비슷하면서도 십 대처럼 구는 레드 할아버지 이야기는 일부러 뺐다. 엄마는 그제야 안심이 되는지 커피잔을 들고 자리에서 일어섰다.

"잘됐어, 정말. 조만간 네 프로젝트 이야기도 들려줘. 지금처럼 만 벌이가 계속된다면 좋은 대학에 보내 줄 수 있을 거야. 그럼 생명 공학자가 되고 싶어 하는 네 꿈도 이룰 수 있을 거고."

엄마는 빙긋 웃으며 내 머리를 쓰다듬고는 서둘러 일하러 갔다.

내가 진짜 생명 공학자가 될 수 있을까? 혹시 꿈을 한편에 접어 둔 채 한 남자의 가족을 돌보며 살게 되는 건 아닐까? 나는 뻣뻣한 종이 같은 팬케이크를 우적우적 씹으면서 남자가 된다면 얼마나 자유롭게 살 수 있을지 상상해 보았다.

온라인 수업을 듣고 수학 숙제까지 마친 뒤, 조안 언니의 헐렁한 반바지와 낡은 스웨터로 갈아입었다. 뒷문으로 슬그머니 빠져나갈 계획이었는데, 콜센터 옆을 슬금슬금 지나가다가 그만 엄마와 눈이 딱 마주치고 말았다.

"잘 다녀와!"

과도한 업무로 지친 기색이 역력한 엄마가 입 모양으로 말했다.

만약에 내가 특허받지 않은 씨앗들을 가지고 뭔가 꿍꿍이짓을 벌이고 있다는 걸 부모님이 알게 되면 화를 낼까? 노숙자와 친구로 지내는 걸 알면 충격을 받겠지? 레드 할아버지는 이제 살 곳도 마련했고, 우리가 처음 만났을 때보다 훨씬 말끔해졌다. 그래도 낯선 사람인 건 분명했다. 게다가 한때는 낡아 빠진 새장 안에서 잠을 잤다. 그렇다면 쌍둥이 남매는? 설마 부모님이 그 애들 부모님에게 이 사실을 말할 일이 생기진 않겠지?

나는 옥상으로 올라가는 동안 골똘히 생각에 잠겼다. 만일 이 프로젝트가 실패한다면 우리가 옥상에서 씨앗을 가지고 했던 일들에 아무도 신경 쓰지 않을 것이다. 반대로 프로젝트가 성공한다면? 그러면 아름다운 옥상 정원을 갖는 것은 물론이고, 매일 신선한 먹거리를 봉지에 잔뜩 담아서 집으로 가져가게 되겠지. 그것이 모나코 같은 거대 기업에 해를 끼치게 될까? 혹시라도 모나코가 음식을 독점적으로 공급해야 한다는 사회적 합의를 위반한 셈이 되어서 부모님이 곤란한 상황에 놓이게 될까?

옥상에 다다를 무렵에는 생각이 보다 분명해졌다. 사람들은 모두 '진짜 음식'을 먹어야 한다. 물론 새들을 비롯해 다른 동물들도 마찬가지다. 그러므로 내가 정원을 만들어서 진짜 씨앗을 심는 일은 절대로 잘못된 것이 아니다. 거대 기업의 이익에 반하는 일이 될지는 몰라도 결코 잘못된 일은 아닌 것이다.

나머지 계단을 훌쩍 뛰어올라 옥상 문을 벌컥 열었다. 전에는 무겁기만 하던 철문을 이제는 쉽게 열 수 있었다. 정원을 만드는 동안 체력이 좋아졌기 때문이다. 세찬 바람이 불어와 얼굴을 찰싹 때렸다. 해가 시커먼 구름 뒤에 숨어 버려서 날씨가 제법 쌀쌀했다. 어쩌면 비가 와서 계획에 차질이 생길지도 모르겠다.

화단을 찬찬히 돌아보며 레드 할아버지의 작품을 감상했다. 여기저기서 주워 온 나무판자로 만들었지만 제법 전문가의 손길이 느껴졌다. 할아버지는 기술자나 다름없었다. 지난 십 년 동안 자신과 다른 이들을 위한 임시 거처를 만들다 보니 그리 되었다고 말했다. 거리에서 지낸 시간 덕분에 무엇이든 만들어 낼 수 있게 되었다나?

그때 쌍둥이 남매가 요란하게 웃으며 도착했다. 드루는 나랑 있을 때는 조용한 편이지만, 다르와 있을 때면 언제나 활기가 넘쳤다. 요즘엔 내 앞에서도 조금씩 마음을 열기 시작했다.

“맙소사, 오늘 날씨 엄청 춥네!”

“엄살떨기는!”

다르가 호들갑을 떨자 드루가 콧방귀를 뀌었다. 둘이 한창 투닥거리고 있을 때, 레드 할아버지가 도착했다. 할아버지는 어딘가 좀 달라 보였다. 무릎까지 오는 반바지를 입은 탓에 다리털이 더 두드러져서인가? 어쨌든 그쪽은 쳐다보지 않으려고 일부러 시선을 피했다.

할아버지는 양손에 낡은 양동이를 여섯 개나 들고 있었다.

“자, 이제부터 화단에 흙을 채워야지. 먼저 흙부터 날라야 하니까 각자 양동이를 두 개씩 들도록!"

"양동이는 어디에서 구했어요?"

할아버지가 뭐라고 대답할지는 뻔했다.

"곳곳에 친구들이 있거든."

할아버지가 씩 웃으며 대꾸했다.

나는 그제야 할아버지의 수염이 사라진 것을 알아챘다. 내가 뚫어져라 쳐다보자, 할아버지 얼굴이 순식간에 새빨개졌다. 할아버지는 어깨를 으쓱하며 수줍게 말했다.

"여자 친구가 좋아하더라고."

여자 친구가 좋아할 만도 했다. 수염이 없는 할아버지는 꽤 미남이었으니까. 그동안 저 잘생긴 얼굴이 덥수룩한 수염에 꽁꽁 가려져 있었다니!

나는 씩 웃으며 고개를 끄덕였다.

"그러게요. 여자 친구가 엄청 좋아했겠어요!"

흙 양동이 속에 담긴 꿈

우리는 흙을 나르기 시작했다. 그동안 화단을 만드는 일이야말로 중노동이라고 생각했는데, 양동이에 흙을 담아 옥상으로 나르는 건 그것과는 비교도 할 수 없이 고되었다. 레드 할아버지가 뒷문 앞에서 양동이에 흙을 담아 주면, 우리는 그것을 들고 계단을 뛰어 올라갔다. 100층이나 되는 계단을! 사람들의 눈을 피해야 해서 엘리베이터를 탈 수가 없었다.

할아버지는 건물 뒤편 골목에 쌓인 거대한 흙더미 앞에 서 있었다. 흙이 다 어디서 났냐고 묻자 씩 웃으며 대답했다.

"예전에 식물원이었던 곳에서 얻었어. 친구가 여기까지 트럭으로 실어다 줬는데 아직 가져올 게 더 많아."

혹시라도 흙을 훔치고 있는 건 아닌지 걱정스러웠지만 굳이 물어보지는 않았다.

할아버지는 삽으로 흙을 퍼서 양동이 두 개를 가득 채운 뒤 나에게 건넸다. 나는 건물로 뛰어가 그걸 드루에게 넘겨준 뒤 빈 양동이를 받아서 돌아왔다. 드루는 20층 층계참까지 올라가서 흙 양동이를 다르에게 건네주었다. 다르는 그걸 옥상까지 가져가 화단에 부은 다음 서둘러 내려와 흙이 담긴 양동이를 기다렸다. 그런 과정을 무한 반복해야만 했다.

그러다 보니 시간이 터무니없이 오래 걸렸다. 다들 진이 다 빠진 채 흙투성이가 되었다. 그렇게 몇 시간이나 보냈을까? 싸늘한 가랑비가 내리기 시작하자 할아버지가 작업을 일단 중단시켰다. 우리는 마지막 흙 양동이 두 개를 들고 드루에게로 갔다. 드루는 양손으로 머리를 감싼 채 계단 위에 널브러져 있었다.

드루가 할아버지에게 하소연했다.

"이렇게 하는 게 맞는 거예요? 너무 힘들어요."

할아버지가 드루에게 손을 내밀며 대답했다.

"아무래도 일손이 더 많이 필요할 것 같구나."

우리는 양동이를 들고 다르가 기다리고 있는 곳까지 올라갔다. 다르도 흙먼지를 잔뜩 뒤집어써서 꾀죄죄한 데다 엄청 지쳐 보였다. 그나마 작업이 끝난 것에 안도하며 다들 기뻐했다.

다음 날 오후, 옥상에 올라가자 화단 옆에 낯선 사람들이 서 있었다. 어제의 힘겨운 노력의 결과는 흙을 채우다 만 화단 하나뿐이었다. 사람들은 빈 화단을 살펴보며 서성였다. 나는 어찌할 바를 몰라서 그저 문가에 우두커니 서 있었다. 도대체 저 사람들은 누구지? 그때 레드 할아버지가 성큼성큼 다가오더니 내 어깨에 팔을 두르며 큰 소리로 말했다.

"여러분, 이 아이가 바로 조니입니다. 그리고 이곳은 조니의 정원이지요."

나는 당황해서 얼굴이 다 화끈거렸다. 이걸 정원이라고 불러도 되나? 그런데 사람들이 엄지를 추켜세우고 휘파람을 불며 감동한 표정을 짓는 게 아닌가!

"조니, 정말 잘했어!"

얼굴에 문신을 한 여자가 말했다.

"누구예요?"

나는 어색하게 웃으며 고개를 끄덕인 뒤 할아버지에게 속삭이듯이 물었다.

"웨스트 샤메드에서 온 이브야. 흙 나르는 일을 도와줄 거야."

할아버지가 사람들을 가리키며 덧붙였다.

"내 친구들인데 우릴 도우러 왔어."

그 말을 듣자마자 심장이 벌렁거리기 시작했다. 이렇게 많은 친구들의 도움을 받다니! 상상도 못 한 일이었다.

쌍둥이 남매가 도착할 무렵에는 흙이 담긴 양동이가 옥상으로 줄줄이 올라오고 있었다. 사람이 늘어나자 진행 속도가 놀라울 정도로 빨라졌다. 나는 화단에 흙을 붓는 임무를 맡았고, 드루는 옥상 문 앞에서 흙이 담긴 양동이를 건네받았다. 다르는 밑에서 레드 할아버지를 도와 양동이에 흙을 퍼 담았다.

다행히 비도 그치고 날씨도 제법 선선해졌다. 땅거미가 내려앉을 때쯤에는 화단 일곱 군데에 흙이 반쯤 채워졌다. 할아버지와 다르가 양동이를 들고 옥상으로 올라왔다.

"일꾼들이 내일 다시 오기로 약속했어. 그러면 흙 옮기는 일은 내일 끝낼 수 있을 거야."

나는 빈 화단에 흙을 붓는 할아버지의 등허리를 꼭 안았다.

"정말 좋은 친구들이에요."

"네 친구들도 마찬가지야."

할아버지가 내 머리를 쓰다듬었다.

쌍둥이 남매는 우리 얘기는 귀담아듣지 않고 서로 자기가 더 힘든 일을 했다며 티격태격 싸웠다. 그 모습을 보고 있자니 너무 행복해서 절로 웃음이 나왔다. 한 팀이라는 건 바로 이런 게 아닐까? 대박이라는 말은 이럴 때 하는 말 같았다.

"화단에 흙을 다 채운 다음에는 급수 장치를 설치해야 해. 전문가에게 조언을 얻어야 할 것 같아. 너희도 교수님을 만나러 같이 갈래?"

할아버지는 목이 말랐는지 대답도 듣지 않은 채 주전자에 입을 대고 물을 벌컥벌컥 들이켰다. 쌍둥이 남매가 나를 보며 씩 웃었다.

"좋아요!"

우리가 한목소리로 대답하자, 할아버지는 껄껄 웃다가 그만 입 안의 물을 뿜고 말았다.

"이거야말로 진정한 급수 장치네요?"

내 말에 다들 배꼽이 빠지도록 웃었다.

곧이어 할아버지를 따라서 새장으로 갔다. 새장은 새들로 온통 북적거렸다. 모퉁이에 둥지를 튼 새들도 있었고, 횃대에 앉아 꾸벅꾸벅 조는 새들도 있었다. 그동안 화단을 만드느라 정신이 없어서 새들을 까맣게 잊고 있었다. 새들은 벌써 새집에 적응을 끝낸 모양이었다.

"다들 여길 좋아해."

할아버지가 빙그레 웃자 다르가 물었다.

"이제 알도 낳을까요?"

"그럼! 새똥도 많이 얻을 수 있을 거야."

다르가 우리를 빤히 쳐다보았다. 농담인지 아닌지 확인하는 눈치였다.

"새똥은 왜요?"

드루가 콧등을 찡그리며 물었다. 나는 할아버지가 무슨 말을 할지 기대하며 잠자코 기다렸다.

"화단에서 식물이 자라 씨앗을 얻으면 새들과도 나눌 거야. 나중에 다시 심기도 하고. 정원에서 씨앗을 먹은 새들은 어딘가로 날아가 배설을 하겠지? 그렇게 새들이 씨앗을 널리널리 퍼뜨리게 될 거야. 조니의 계획대로 이 프로젝트가 착착 진행된다면 곧 다른 옥상에도 정원이 생길 거고. 그렇게만 된다면 토종 작물은 더 많아지고 새들도 개체 수가 늘어날걸. 궁극적으로 더 많은 새가 토종 씨앗을 먹고 그걸 널리 퍼뜨리게 되는 셈이지."

쌍둥이들은 놀라서 입을 헤벌린 채 나를 빤히 쳐다보았다. 쌍둥이는 쌍둥이였다. 두 아이는 영락없이 그 모습이 똑같았다.

"혹시 우리 건물 옥상에도 정원을 가꿀 수 있을까요?"

드루가 눈을 동그랗게 뜨고 묻자 할아버지가 어깨를 으쓱했다.

"물론이지."

그 말이 끝나기가 무섭게 쌍둥이가 할아버지와 나를 꼭 껴안았다.

"오늘 온 일꾼들에게 나중에 여기서 진짜 먹거리가 나오면 나눠 줄 거라고 약속했어. 그 말인즉슨 우리한테 부양가족이 생겼다는 뜻이지. 그러니까 텃밭 화단을 더 많이 만들어야 해."

우리는 눈빛을 잽싸게 교환하다가 동시에 이렇게 외쳤다.

"대박!"

도시 속의 비밀 농장

평소와 다름없이 왁자지껄하게 떠들며 저녁 식사를 했다. 엄마가 불쑥 이런 말을 꺼냈다.

“조니가 요새 생명 공학 프로젝트를 하고 있다네?”

그 순간, 모두의 시선이 일제히 나에게로 쏠렸다. 나는 침을 꿀꺽 삼켰다.

“조니, 얘기 좀 해 봐.”

틸라가 못 믿겠다는 듯한 표정으로 나를 뚫어져라 바라보았다.

“어떤 프로젝트인지 궁금한걸?”

아빠가 진짜인지 가짜인지 모를 콩을 넣은 치즈 부리토를 씹으면서 재촉했다. 표정이 밝아서 마음이 더 안 좋았다. 가족들 모르게 지금껏 내가 벌여 온 일이 과연 괜찮을지 걱정이 되었다.

나는 입 안에 있는 음식을 마저 삼키는 척하며 시간을 끌었다. 뭘 어떻게 해야 하지? 차라리 다 털어놓고 지금 혼나는 게 좋을까? 적당히 얘기하고 나중에 벌을 받는 편이 나을까?

"음, 아……, 그게 그러니까요……."

당장이라도 자리를 박차고 일어나 뛰쳐나가고 싶었지만, 가족들의 시선이 모두 나를 향해 있어서 차마 그럴 수가 없었다. 얼굴이 화끈 달아올랐다.

그때 생각지도 못하게 카마라가 도움을 주었다. 그 애는 우물쭈물하는 날 보고 짜증이 났는지, 한숨을 크게 쉬고는 양해를 구하고 자리에서 먼저 일어났다. 보잘것없는 내 이야기를 듣는 것보다 더 중요한 일이 있다는 듯한 태도였다. 하긴 그 애에겐 결혼식 계획을 마무리하는 게 그 무엇보다 더 중요하겠지.

어쨌든 그 덕분에 나에게 쏠렸던 관심이 흐지부지되면서 어물쩍 투명 인간으로 돌아가게 되었다. 카마라에게 어찌나 고맙던지…….

틸라는 자기 엄마가 카마라의 결혼식에 맞춰 제때 도착하지 못할 것 같다면서 걱정을 한바탕 늘어놓았다. 제니 언니와 남자 친구가 탄 유람선이 카리브해의 작은 섬에 입항했는데, 갑작스러운 해수면 상승으로 오도 가도 못 하게 됐다나 뭐라나? 하여튼 그놈의 만조는 늘 사람들의 중요한 계획을 물 먹인다니까!

아빠는 쓸데없는 걱정이라는 듯이 고개를 절레절레 젓더니 냅킨으로 입을 닦으며 내게 다시 물었다.

"그래서 조니, 어떤 프로젝트를 진행한다고?"

그러면서 '남자 대 남자'로 대화를 하자는 듯이 한쪽 눈을 찡긋했다. 아빠는 예전부터 내가 남자가 되길 바랐다. 엄마나 언니, 조카들이 좋아하는 연애나 로맨스, 결혼, 아기 이야기에 조금도 관심이 없는 나를 보고 아빠와 비슷하다고 여기는 눈치였다.

하지만 지금까지의 나는 남자보다는 여자에 가까웠다. 세상에 나가서 위대한 일을 하고 싶어 하는 여자. 그게 바로 내가 원하는 것이었다. 하지만 과연 그게 가능한 일일까?

그동안 전쟁터에 나가 싸우고, 시민권을 얻기 위해 투쟁하고, 출산에 대한 선택권을 얻어 낸 과거의 여성들에 관한 이야기를 숱하게 읽었다. 그 밖에도 억압당하는 사람들의 권리를 높이기 위해 위대한 일을 했던 여성들의 이야기는 무척 감동적이었다.

불행하게도 수많은 여성들이 이루어 낸 업적들은 강제 이주가 있고 나서 바람처럼 사라져 버렸다. 요즘 여성들은 더 이상 평등이나 기회를 주장하지 않았다. 그럴 시간이 없기 때문이다. 나는 과거의 위대한 여성들을 존경했다. 그들처럼 용감하고 강인하게 살고 싶었다. 남자들과 동등한 권리를 지닌 채…….

"아빠, 전 실험이 정말 좋아요. 생명 공학에 관심도 많고요. 열심히 공부하면 생명 공학자가 될 수 있을까요?"

아빠는 나를 유심히 쳐다보았다.

"그럼, 당연하지. 대신에 조니가 아닌 존으로 산다면 탄탄한 경력을 쌓을 기회가 더 많이 생길 거야."

아빠는 그것이 100억 인구가 복작거리며 사는 최첨단 자동화 시대의 현실이라는 듯이 어깨를 으쓱해 보였다. 이 세상 남자들이 나날이 부족해지는 일자리를 찾아 서로 경쟁하는 동안, 여자들은 집에서 부족한 살림을 어떻게든 꾸려 가며 대가족을 보살펴야 하는 게 현실이었다.

"여태 결정을 못 내리고 있니?"

아빠는 내가 더 쉬운 길을 가길 바랐다. 내가 아무 대꾸를 하지 않자 얼굴에 섭섭한 기색이 엿보였다.

마침 그때 다른 방에 있던 잰 오빠가 식탁으로 왔다. 나는 잽싸게 자리에서 일어나 접시들을 치웠다. 오빠는 또 다른 일을 맡게 되었는데, 이번에는 모나코의 자회사인 두라소이 고객들이라고 했다. 그만큼 일도 늘고 수입도 는다는 뜻이었다.

"정말 좋은 소식이구나!"

아빠가 오빠와 악수를 하며 흥분에 찬 목소리로 말했다. 그러면서도 접시 더미를 들고 슬그머니 지나가는 나를 놓치지 않고 불러 세웠다.

"아까 못다 한 이야기는 나중에 다시 하자."

나는 알겠다고 대답했지만 그럴 생각이 눈곱만치도 없었다. 솔직히 말하면 할 이야기가 없었다. 아빠는 내가 아직 어떤 성별로 살지 결정을 내리지 못했다고 생각하지만, 내 마음 깊숙한 곳에서는 이미 결정이 끝난 일이었다.

나는 남자인 존이 아니라 여자인 조니로 살아갈 것이다. 그 말은 곧, 앞으로 내가 걸어갈 길이 몹시 험난할 거라는 걸 뜻했다. 나의 야망과 가족의 평화 사이에서 균형을 잃지 않기 위해 고군분투해야 할 테니까.

일주일 뒤, 우리는 식물학 교수님을 만나러 길을 나섰다. 레드 할아버지를 따라가는 내내 쌍둥이는 서로 티격태격하며 말다툼을 했다. 나는 그 뒤에서 터덜터덜 걸으며 혼자만의 생각에 푹 빠져 있었다. 조만간 아빠에게 여자로 살면서 원하는 일들을 하겠다고 말할 작정이었다. 다만 엄마처럼 살지 않겠다고 말하고 싶었다.

그 말이 엄마에게 상처가 될까 봐 걱정스러웠다. 진짜 생명 공학자를 만날 기회를 앞두고 한껏 신이 나야 마땅하겠지만, 어쩐지 기분이 썩 좋지는 않았다.

그러다가 문득 고개를 들어 보니, 할아버지와 쌍둥이 남매가 보이지 않았다. 혼잡한 보도 위에 낡아 빠진 텐트와 굶주려서 빼빼 마른 사람들만 득실거렸다. 친구들은 저 멀리 한 블럭이나 앞서 걷고 있었다. 너무 멀리 떨어져 있어서 덜컥 겁이 났다.

나는 아기에게 젖을 먹이는 앙상한 여자들과 돌멩이를 갖고 노는 헐벗은 아이들, 그리고 더러운 바닥 위에 힘없이 앉아 있는 노인들과 부딪치지 않으려고 애를 쓰면서 힘껏 달렸다. 쓰레기통에서나 날 법한 고약한 냄새가 사방에서 풍겨 왔다. 그곳은 무서우리만치 고요했다. 어쩌면 아무도 말할 기력이 없는 건지도 몰랐다.

내가 달려오는 소리를 들었는지 다르가 고개를 획 돌렸다.

"야, 굼벵이! 빨리 와. 이러다 할아버지 놓치겠어."

나는 쌍둥이 남매 사이로 비집고 들어간 뒤 속도를 맞춰 부지런히 걸었다. 다 쓰러져 가는 텐트, 상자로 만든 집, 끝도 없이 이어진 담요들 사이에서 누군가 버리는 물건을 기다리는 이들을 요리조리 피해 걸어야 했다.

"레드 할아버지 다리는 꼭 장님거미 다리 같아."

다르의 말에 피식 웃음이 터지면서 기분이 한결 나아졌다. 실제로 할아버지의 뒷모습은 영락없이 종종걸음을 치는 거미 같았다. 오늘 당장 정체성 문제를 해결해야 하는 건 아니었다. 더 이상 그 문제로 고민하지 않기로 마음먹었다.

게다가 지금 눈앞에 있는 가난한 사람들과 비교하면 내 문제는 지극히 사소했다. 더욱이 선택권도 나에게 있지 않은가. 그건 선물이나 다름없었다. 그런 생각이 들자 무거운 짐을 벗어 버린 듯이 조금 후련했다.

어느새 우리는 웨스트 샤메드 한가운데까지 와 있었다. 골목들은 길고 음침했으며, 벽돌과 돌로 지은 건물들은 하나같이 금방이라도 허물어질 것 같았다. 창문들은 깨지거나 판자로 얼기설기 막혀 있었고, 문은 죄다 경첩에 대롱대롱 매달려 있거나 그마저도 아예 없었다. 빈민 텐트가 보도를 넘어 도로까지 점령해서 그런지 흡사 거대한 야영지 같았다.

할아버지는 가던 길을 멈추고 우리가 다가올 때까지 기다렸다.

"이제부터 꼭 붙어 다녀라."

우리는 할아버지 말대로 했다. 길모퉁이마다 무리 지어 서 있는 젊은 남자들이 경계하는 듯한 눈빛으로 우리를 바라보았다. 그중 한 소년은 두라소이 봉지 안에 든 화학 가스를 흡입해 이미 취해 있었다. 나머지라고 딱히 다를 것도 없었다. 너나없이 화학 물질을 채운 담배를 입에 물고 있었다.

샤메드에서 마약은 불법이 아니었지만, 일단 손을 대면 화를 자초하는 것이나 다름없었다. 돈도 잃고, 교육도 못 받고, 일자리도 구하지 못했다. 결국 돈을 벌 수 없었다. 학교에서는 매해 의무적으로 마약 방지 수업을 수강하게 했다.

꽉 찬 쓰레기통 옆에 빈 술병들이 굴러다녔고, 그 주변을 쥐들이 쏜살같이 지나갔다. 동물의 사체가 썩는 냄새가 코를 찔렀다. 무엇보다 그곳에는 없는 것들이 많았다. 무인 자동차도, 대리석 로비가 있는 화려한 건물도, 머리 위를 날아다니는 드론도, 잘 차려입은 사람들도, 쓸모없어진 물건을 교환하는 사람들로 북적이는 시장도 없었다. 이곳은 죽어 가고 있는 듯이 보였다. 아니, 이미 오래전에 죽은 건지도 몰랐다.

할아버지는 또 다른 모퉁이를 돌아 골목 안으로 들어가더니, 거대한 철문이 달린 벽돌 창고 앞에 멈춰 서서 벨을 눌렀다.

나는 숨을 헐떡였다. 심장이 과부하 상태였다. 이 동네가 두려웠다. 너무 슬퍼서 악몽을 꾸는 것만 같았다. 누구든 이런 곳에서 살게 되지 않으리라는 법은 없었다.

레드 할아버지를 물끄러미 쳐다보았다. 할아버지는 인상을 찌푸린 채 손으로 머리카락을 쓱쓱 빗었다. 평소와 달리 머리카락을 매끈하게 뒤로 넘겼다. 그러고 보니 호주머니와 커프스가 달린 노란색 셔츠를 입고 있었다.

우리는 서로를 쳐다보며 빙그레 웃었다. 할아버지도 긴장이 되는 모양이었다. 물론 나처럼 거리에서 맞닥뜨린 현실 때문은 아니었다. 할아버지는 거리에서 지내는 동안 이보다 훨씬 더 심각한 모습도 많이 보았을 테니까. 우리를 옛날 지도 교수님에게 소개할 생각에 긴장을 한 듯했다.

잠시 후 문이 스르륵 열리며 여자 목소리가 울려 퍼졌다.

"에버렛, 아주 말끔해졌구먼!"

나는 교수님에게 붙임성 있게 먼저 말을 걸었다.

"교수님, 안녕하세요? 저는 조니라고 해요. 할아버지가 교수님의 작품을 보여 주시는 걸 무척 자랑스러워하셨어요."

교수님이 씽긋 웃었다. 그러자 주름진 얼굴이 환해지면서 우아한 아름다움이 드러났다.

"네가 새내기 생명 공학자 조니구나. 도시 농장에 온 걸 환영해. 어서 안으로 들어와."

교수님은 까무잡잡한 피부에 잿빛 곱슬머리가 눈길을 사로잡았는데, 어린아이처럼 몸집이 작아서 그런지 사뭇 연약해 보였다.

그런데도 어딘지 모르게 강인한 에너지가 느껴졌다.

“때맞춰 잘 왔어. 지금 대추야자 열매가 익어서 떨어지는 때거든. 그리고 너희에게 보여 줄 새싹도 있고. 참, 틸라피아한테 먹이도 줘야지.”

건물 안의 환한 빛에 적응이 안 되어서 눈을 연방 끔벅였다. 그때 갑자기 뭔가가 내 다리를 스윽 스치고 지나갔다. 나는 소스라치게 놀라서 비명을 꽥 질렀다.

교수님은 나를 안심시키려고 내 팔에 손을 얹었다.

“고양이 바스코야. 이 녀석은 모험을 좋아하지. 간밤에 어디선가 한바탕 싸움을 벌이고 돌아온 모양이네.”

고양이는 길고 가느다란 꼬리를 꼿꼿이 세운 채 우리를 빤히 쳐다보았다. 새까만 몸에 가슴에만 작고 하얀 털이 점처럼 나 있었다. 드루가 쪼그려 앉아 쓰다듬으려고 하자 고양이는 잽싸게 달아나 버렸다.

곧이어 농장 견학이 시작되었다.

“먼저 1층 농장을 둘러본 다음에 2층의 양식장을 보도록 하자. 그리고 다시 내려와서 새싹이랑 과수원을 볼 거야. 종자 은행은 온도 조절 장치가 있는 지하 저장고에 있는데, 아쉽지만 견학은 할 수 없어. 진공 상태를 유지해야 하거든.”

교수님은 우리에게 따라오라고 고갯짓을 한 다음, 할아버지의 팔에 팔짱을 끼고 앞장섰다. 우리는 푸르스름한 조명이 비치는 천장이 높은 방을 지나갔다. 하나도 빠뜨리지 않고 전부 눈에 담으려고 애썼지만, 오감이 과부하에 걸린 탓에 쉽지가 않았다. 일주일 이상 비가 온 뒤의 축축해진 땅에서 풍기는 냄새가 코를 찔렀다. 선풍기와 온풍기가 윙윙 돌아가는 소리, 수도꼭지에서 물 떨어지는 소리, 모터 돌아가는 소리, 그리고 곤충인지 새인지 모를 생물이 내는 소리에 귀가 먹먹할 지경이었다.

우리는 일정한 간격으로 줄지어 있는 백여 개의 텃밭 화단을 감상했다. 이곳의 화단들은 우리 옥상에 있는 것보다 열 배는 더 컸다. 게다가 초콜릿 색깔의 판자는 하나같이 깨끗하고 매끈했다. 반쯤 채워진 짙은 갈색의 흙은 한눈에 봐도 질이 좋아 보였다. 코를 바짝 들이대고 흙냄새를 맡아 보았다. 약간 비릿한 냄새가 났다.

여기는 그야말로 모든 게 제대로 갖춰져 있었다. 머리 위의 조명이며 복잡한 급수 장치며 기름진 흙까지. 노련한 식물학자가 기술적으로 식물을 재배하니까 제대로일 수밖에. 정원을 만들겠다는 내 생각이 과연 옳은 것인지 문득 의문이 들었다.

그때 내 마음을 읽기라도 한 듯이 교수님이 말을 걸었다.

"이곳은 수십 년 동안 쏟아부은 노력의 결실이야. 내 인생 최초의 정원은 아스팔트 한구석, 모래가 뒤섞인 한 구획의 흙에서 시작했거든."

레드 할아버지가 자못 진지한 표정으로 고개를 끄덕였다. 두 사람은 계속해서 다음 장소로 이동했다.

다르가 팔꿈치로 나를 쿡 찌르며 속삭였다.

"우리의 목표가 바로 이런 거 아니야?"

드루도 부드러운 목소리로 맞장구쳤다.

"그래, 맞아. 우리도 할 수 있어. 도시의 모든 옥상에서 말이야. 우린 조명이나 태양 전지판도 필요 없잖아?"

그 말을 듣자 기운이 솟구치면서 희망이 생겼다. 허공에 둥실둥실 떠 있는 듯한 기분이 들었다.

1%의 부자와 너그러운 엘리트

거대한 수족관의 김 서린 유리벽 너머로 틸라피아가 휙휙 지나가는 게 보였다. 우리는 농작물을 재배하는 1층 화단에서 가져온 채소를 잘게 잘라 먹이로 주었다. 교수님은 틸라피아의 배설물을 농작물의 거름으로 사용한다고 말했다.

"틸라피아 양식은 쉬워. 생명력이 아주 강하거든. 틸라피아는 열대 관상어의 한 종류인 시클리드인데, 종류가 무려 백여 종이 넘는 데다 번식력도 아주 강해."

설명을 들어서 그런지 틸라피아들이 새삼 다 달라 보였다. 회색이나 은색, 연갈색, 금색인 녀석들도 있었다. 덩치가 크고 살집이 많은 것들도 있는 반면, 몸통이 길고 가느다란 것들도 있었다. 하나같이 수족관 속에서 빙글빙글 헤엄을 치며 신나게 돌아다녔다.

할아버지는 여전히 교수님 옆에서 말 한 마디 없이 뻣뻣하게 서 있었다. 그토록 키가 큰 할아버지가 몸을 잔뜩 움츠리고 있는 모습을 보고 있자니 피식 웃음이 새어 나왔다. 어쩐 일인지 할아버지는 평소와 영 딴판이었다.

2층에는 짠 내가 진동했다. 해수면이 낮아지는 건기 때 풍겨 오는 냄새와 비슷했다. 물론 아주 드물게 있는 일이었다. 해수면은 늘 너무나 높아서 탈이니까.

"실내 정원이다 보니까 에너지 낭비를 막을 방법이 없어. 하지만 우리가 재배하는 먹거리는 하나도 허투루 허비하지 않는단다."

교수님이 팔을 토닥거리며 말하자 할아버지가 움찔했다.

"여기에서 재배한 채소들은 어디에다 파세요?"

"판다기보다는 가난한 사람들에게 나눠 줘. 그러고도 남는 게 있으면 이 지역 판매업자들에게 원가에 넘기는데, 대부분 수레를 끌고 다니면서 형편이 좋지 않은 동네로 가서 채소를 팔아."

다르가 나를 힐끔 쳐다본 뒤 교수님에게 다시 물었다.

"저희 동네도 형편이 좋지 않은데 한 번도 신선한 음식을 팔러 오지 않던데요?"

그때 커다란 갈색 틸라피아가 수족관 속에서 물을 첨벙 튀기는 통에 우리는 깜짝 놀라서 펄쩍 뛰고는 한바탕 깔깔거리고 웃었다.

"이 농장에서는 웨스트 샤메드에만 먹거리를 제공해. 동부에도 이런 농장이 하나 있는데, 원하면 연락처를 가르쳐 줄게."

교수님의 대답에 쌍둥이 남매는 서로를 빤히 바라보았다. 무슨 생각을 하는지 알 것 같았다. 부모님에게 어떻게 설명할지가 문제였다. 서부에 사는 사람이 우리에게 잘 알려지지 않은 식품 공급처를 어떻게 알려 주었는지부터 시작해서, 부모님을 설득해 그곳의 먹거리를 사게 하는 것까지 무엇 하나 쉬운 문제가 아니었다.

나는 눈살을 찌푸리며 말했다.

"부모님이 신선한 먹거리를 살 수 있는 형편이 될지 모르겠어요. 저희는 3D 음식을 먹거든요. 그런데 웨스트 샤메드 사람들은 어떻게 이곳의 농작물을 살 형편이 되는 거예요?"

"이곳은 보조금으로 운영되거든. 내가 아주 너그러운 엘리트라고 부르는 이들이 우리에게 자금을 지원해. 진짜 먹거리를 지속적으로 생산하는 일을 중요하게 생각하는 이들이지. 그들이 이곳을 운영하는 데 필요한 모든 설비와 물자에 들어가는 비용을 대 주거든. 게다가 이곳은 비교적 보조금이 후한 덕분에 농산물이나 물고기를 최저가로 판매할 수도 있는 거지. 여기가 그린란드라서 운이 좋다고나 할까? 이곳에는 모나코의 농장이 단 한 곳도 없거든. 다시 말해 유전자 조작 씨앗으로 오염되지 않았다는 뜻이지. 이 지역의 새들을 이용해서 도종 씨앗을 널리 피뜨리겠다는 네 생각이 아주 마음에 들어. 그 프로젝트는 성공할 수 있을 거야. 네 정원이 유전자 조작 씨앗으로부터 오염되지 않기를 빌어. 그렇게 되면 결국 모든 게 엉망이 될 테니까."

나는 다소 위협적으로 들리는 그 말의 심각성을 깨닫고 고개를 힘차게 끄덕였다. 처음으로 다른 세상과 아주 멀리 떨어져 사는 것에 감사한 마음이 들었다. 무엇보다 유전자 조작 씨앗들로부터 멀리 떨어져 있는 것에 대해.

우리는 교수님을 따라서 수족관을 지나 둥그런 금속 용기가 여럿 놓여 있는 곳으로 자리를 옮겼다.

"지렁이 양식장이야. 2층에만 여섯 개가 있지."

우리가 무슨 말인지 이해하지 못하자 할아버지가 끼어들었다.

"지렁이들을 기르는 곳이야."

나는 할아버지의 목소리를 듣고 깜짝 놀랐다. 우리가 이곳에 들어온 이후 처음으로 말을 내뱉었기 때문이다.

교수님이 덧붙였다.

"지렁이는 곡물, 과일, 채소의 껍질이나 나뭇가지, 나뭇잎, 잡초들을 먹은 뒤에 배설을 하는데, 이 분변토가 식물들에게 필요한 거름이 돼. 토양에 유익한 박테리아와 그 밖의 다른 좋은 미생물들을 더해 줘서 흙을 비옥하게 만들어 주는 거지."

"그럼 저희도 지렁이가 필요하겠네요? 옥상으로 퍼 나른 흙을 비옥한 토양으로 바꾸려면요."

내 말에 고개를 끄덕이던 드루가 흥분해서 외쳤다.

"지렁이와 미생물이라니, 정말 대박이에요!"

우리는 어른들 뒤를 졸졸 따라다니며 2층을 쭉 둘러보았다. 불빛이 은은하고 따뜻해서 마치 엄마 배 속에 들어와 있는 듯이 편안했다. 그곳을 떠나기 싫을 정도였다.

"흙에는 살아 있는 것들과 최근에 죽은 것들, 그리고 오래전에 죽은 것들이 마구 뒤섞여 있어. 나뭇잎이나 풀 같은 것들이 미생물에 의해서 썩고 분해되어서 생긴 흙을 부엽토라고 해. 앞으로 너희가 도전해야 하는 게 바로 좋은 부엽토를 만드는 일이야."

교수님이 고개를 돌려 우리를 쳐다보았다. 숱이 적은 올림머리가 불빛 아래에서 푸르스름하게 보였다.

"수십 년간 이 손으로 흙을 만지면서 깨달은 건 무엇보다 먼저 좋은 흙을 만들어야 한다는 거야. 그다음에 때맞춰 씨앗을 심고 느긋하게 기다리면 식물이 자라는 걸 볼 수 있지."

우리는 고개를 끄덕였다. 계단 앞에 이르자 교수님이 한 번 더

강조했다.

“좋은 흙을 만들어야 한다는 걸 잊지 마. 에버렛이 어련히 알아서 잘 도와줄 테지만.”

할아버지가 씩 웃었다. 그제야 긴장이 좀 풀린 듯했다. 아무래도 할아버지는 교수님에게 인정을 받고 싶은 모양이었다. 나도 온라인 수업으로만 만났던 선생님들을 실제로 만나면 저런 모습이 될까?

우리는 2층에 올라올 때처럼 다시 한 줄로 서서 나선형 계단을 내려갔다. 1층 농장에 도착하자 자극적인 냄새와 소음, 그리고 지나치게 밝은 빛 때문에 눈과 코, 귀가 혹사당했다. 머리 위 서까래에서는 새들이 지저귀고, 벌들이 윙윙거리면서 지나가는가 하면, 나비들까지 팔랑거리며 날아다녔다. 귀뚜라미가 우는 소리도 들렸다. 여긴 살아 있는 곤충들로 가득했다. 분명 어딘가에 거미도 있을 터였다.

교수님은 계단 위에 잠시 멈춰 서서 신중하게 농장의 배치를 설명해 주었다. 현관 바로 건너편에는 새로 심은 식물들이 길게 늘어서 있었고, 그다음에는 새싹이 돋아난 화단들이 줄지어 있었다. 감자, 양파, 양배추, 콜리플라워, 브로콜리, 가지를 비롯해 순무, 무, 시금치, 근대 등 갖가지 채소들이 자라고 있는 화단을 하나씩 가리키며 차례로 이름을 알려 주었다. 쪽파, 사철쑥, 파슬리, 박하 등을 심은 화단도 있고, 조만간 호박과 콩, 완두콩이 자라날 예정인 꽃이 핀 덩굴도 보였다. 또 참외와 토마토를 비롯해 울창한 적포도 덩굴도 있었다.

"우리 농장 포도주는 맛이 정말 끝내줘."

교수님의 눈이 반짝반짝 빛났다.

우리는 포도밭을 지나 새콤한 향이 풍기는 체리와 블루베리 관목을 구경한 뒤, 딸기나무와 라즈베리 덤불을 지나서 건물 뒤편의 작은 과수원에 도착했다. 가느다란 나무에는 아직 아무것도 열리지 않았다. 복숭아와 자두, 사과나무인데 벌써 몇 년째 열매를 맺지 못하고 있다고 했다. 하지만 열대 과일은 상황이 달랐다. 초록색 바나나가 주렁주렁 달린 근사한 바나나 나무가 한쪽 구석에 모여 있었고, 그 옆에는 굵은 야자나무도 두 그루나 서 있었다.

"너희가 때를 아주 잘 맞춰 왔어."

교수님이 몸을 구부려 바닥에서 뭔가를 줍더니, 할아버지에게 작은 갈색 열매 몇 개를 건넸다. 할아버지는 그중 하나를 입 안에 넣고 나머지를 우리에게 하나씩 나눠 주었다. 그러고는 열매를 씹으며 고개를 끄덕였다.

"대추야자야."

바닥에 떨어져 있던 것을 씻지 않고 먹어도 될까? 혹시 세균이 있으면 어쩌지? 다르는 이깨를 한번 으쓱하고는 대추야자를 입에 휙 넣고 요란한 소리를 내며 쪽쪽 빨아 먹었다. 다르가 맛있다며 호들갑을 떨자, 드루도 똑같이 따라 했다. 그러고는 이내 눈을 동그랗게 뜨고 감탄을 쏟아 냈다.

"엄청 달고 맛있어. 꼭 사탕 같아."

그제야 나도 내 몫을 한입 맛보았다. 달콤한 과육의 맛이 뼛속 깊은 곳까지 전해질 만큼 강렬했다. 눈을 감자 앞에 뜨거운 사막이 펼쳐지며 새하얀 모래 위를 느릿느릿 걷는 낙타들과 길게 늘어뜨린 가운을 입은 남자들이 보였다. 곧바로 한입 더 깨물어 입 안에서 사르르 녹는 맛을 음미했다.

"얘들아, 씨를 삼키지 않도록 조심해."

할아버지 말에 우리는 각자 손바닥에 씨를 탁 뱉었다.

"집에 가져가서 화분에 심어 봐. 열대 과일이라서 밖에서는 자라지 못할 거야."

우리는 씨앗을 조심스럽게 주머니 속에 넣었다. 그때 바스코가 다가와 내 다리에 몸을 쓱 비볐다. 이번에는 놀라지 않았다. 나는 가르랑거리는 바스코 앞에 쪼그리고 앉아서, 녀석이 까끌까끌한 혀로 내 끈적끈적한 손가락을 핥게 내버려 두었다. 바스코는 이제 내가 부드러운 털을 쓰다듬어도 얌전히 있었다.

잠시 후 과수원을 나와 싹을 틔운 덤불과 꽃이 핀 덩굴, 자그마한 초록색 새싹이 이제 막 고개를 내민 화단을 지나쳤다. 우리는 곧 까만 흙을 뚫고 나온 자그마한 줄기가 자라고 있는 화단 앞에서 걸음을 멈추었다.

"다음에 오면 비달리아 양파를 맛볼 수 있을 거야. 사과처럼 아주 달아."

나는 진짜 사과를 먹어 본 적이 없었다. 그저 상상만 해 봤을 뿐이다. 아삭아삭한 사과를 한입 베어 먹는 상상을 했을 때처럼, 이번에는 양파를 아작아작 씹어 먹는 상상을 해 보았다. 벌써부터 이곳에 다시 올 날이 기다려졌다.

문가에 이르자 깜짝 놀랄 일이 하나 더 남아 있었다.

"너희를 집까지 데려다줄 무인 자동차를 예약해 뒀어. 왔던 길을 다시 걷게 하고 싶지 않거든."

할아버지가 깜짝 놀라 뭐라고 말하려 하자 교수님이 팔뚝을 잡으며 말렸다.

"에버렛, 아이들이 무척 피곤할 거야. 아이들한테 좋은 어른이 되어 줘."

나는 할아버지의 입에서 그러겠다는 대답이 나올 때까지 숨을 꾹 참고 기다렸다. 여태 단 한 번도 자동차를 타 본 적이 없었다. 마침내 차를 타고 시내를 누비게 되다니!

우리는 교수님에게 감사 인사와 작별 인사를 한 뒤 건물 앞까지 껑충껑충 뛰어갔다. 차가 이미 도로변에서 대기 중이었다. 번지르르하게 윤이 나는 은색의 금속 차체에 늦은 오후의 햇살이 반사되어 눈이 부셨다. 허름한 옷을 입은 동네 아이들이 우르르 몰려와 차 주변을 서성거렸다.

자동차를 소유할 수 있는 사람들은 힐스에 사는 부자나 엘리트들뿐이었다. 그 외의 사람들은 어딜 가려면 걸어가야 했다. 아빠가 늘 하는 말마따나 우리는 두 다리로 고속도로 위를 달리는 수밖에 없었다.

나는 차문이 열리자마자 마치 여왕이라도 된 듯한 기분으로 머리를 꼿꼿이 쳐들고 뒷좌석에 올라 미끄러지듯이 스르륵 앉았다. 그러고는 자극적인 가죽 냄새를 코로 들이마시며 만족스럽게 씩 웃었다.

레드 할아버지는 앞좌석에 앉고, 쌍둥이 남매는 내 옆에 자리를 잡았다. 곧이어 할아버지가 익숙한 듯이 목적지를 내비게이션에 입력했다. 작동법을 어떻게 아는 거지?

"이왕 이렇게 되었으니 시내를 좀 둘러볼까?"

우리를 돌아보는 할아버지의 표정이 조금 전보다 훨씬 더 편안해 보였다. 본래 모습으로 돌아온 것 같았다. 우리가 소리를 꽥꽥 지르면서 좋아하자 할아버지가 빙그레 웃었다.

자동차가 서서히 움직이자 주변에 모여 있던 아이들이 모두 흩어졌다. 우리는 아이들에게 손을 흔들었다. 자동차는 부드럽고 조용하게 달리다가 몇 분도 채 지나지 않아서 웨스트 샤메드를 벗어나 고속도로로 진입했다.

"예전에도 자동차를 타 보셨어요?"

다르가 묻자 할아버지가 어깨 너머로 우리를 보며 대꾸했다.

"전에는 내 차를 운전했지. 포르쉐며 알파로메오, 내 전용 스포츠카가 여럿 있었거든."

스포츠카라면 굉장히 비쌀 텐데……. 할아버지가 예전에는 부자였나?

할아버지가 뒷좌석의 미묘한 분위기를 눈치챈 듯이 이렇게 덧붙였다.

"그래, 조니. 네가 생각하는 게 맞아. 젊었을 때는 돈이 남아돌 정도로 아주 많았어. 하도 많아서 돈을 불에 태워도 봤는데 그래도 엄청 남더라고. 어릴 적부터 어딘가에서 샘솟던 돈을 완전히 없애는 게 불가능하다는 걸 깨닫고는 모든 걸 버리고 집을 나왔지. 그리고 아무것도 없는 삶을 선택한 거야."

갑자기 모든 것이 분명해졌다. 레드 할아버지는 돈이 많았지만 그 돈을 벌어들인 곳도, 그곳에서 한 일도 마음에 들지 않았던 듯했다. 그래서 차라리 그 돈이 없는 삶을 선택한 것이다.

차가 쌩쌩 달리는 동안 할아버지가 말했던 돈에 대해, 그리고 부자들과 엘리트들에 대해 생각했다. 자기 잇속만 차리는 이기적인 부자들과 사회적 프로젝트를 후원하는 너그러운 엘리트들에 대해 곰곰 생각했다. 곧이어 할아버지의 뒤통수와 짧아진 머리카락, 햇볕에 탄 목을 찬찬히 뜯어보았다. 할아버지는 대체 어떤 사람일까? 갑자기 혼란스러웠다.

폭이 좁은 고속도로는 엄청나게 붐볐다. 무인 자동차를 탈 형편이 되는 사람이 많지 않다는 사실을 생각하면 오히려 놀라울 정도였다. 우리 동네에는 대중교통이랄 것도 없는데……. 도로 위에는 트럭도 엄청나게 많았다. 시커먼 연기를 내뿜으며 우리 옆을 쌩쌩 달리는 트럭들 때문에 창문을 꼭 닫아야 했다. 차들이 하도 빨리 달려서 차창으로 보이는 풍경이 흐릿했다.

할아버지가 조수석 창문을 가리켰다.

"저 위가 힐스인데 다음 출구에서 빠져나가 한번 둘러볼래?"

나는 쌍둥이 남매와 잽싸게 눈빛을 교환했다. 부자들만 사는 동네 힐스? 이 도시 최상위 엘리트들의 거주지를 가 보자고?

"거기는 출입 제한 지역 아니에요?"

이 도시에서 유일하게 부촌을 형성하고 있는 힐스는 높은 담에 둘러싸여 있어서 아무나 들어갈 수 없었다. 게다가 군인이 지키는 입구를 통과하려면 반드시 허가증이 있어야 했다. 거주민의 안전과 사생활을 보호하기 위해서라나? 설령 그곳을 통과한다고 해도 높은 돌담에 가려진 동네를 구경하기란 어차피 어려울 듯했다.

할아버지가 대수롭지 않은 듯이 대답했다.

"도시 곳곳에 친구들이 있으니까 그건 걱정하지 않아도 돼. 아마 들어갈 수 있을 거야."

할아버지의 정체가 자꾸 아리송해졌다. 부촌으로 들어갈 수 있는 사람은 오직 부자들뿐이었다. 나는 그동안 할아버지의 많은 친구들이 거리에 사는 이들일 거라고 생각했다. 그런데 이제는 할아버지에게 힐스에 사는 부자 친구들도 있을 거라는 생각이 들었다.

언젠가 스크린에서 이런 이야기를 읽은 기억이 났다. 많은 재산을 버리고 익명성을 택하는 사람들……. 무소유의 삶과 거리에서의 삶, 혹은 우리 같은 사람들과 복작거리며 사는 삶을 일부러 선택하는 부자들의 이야기였다. 레드 할아버지도 그런 사람들 중 한 명일까? 힐스에서 달아나 이주민 거주 지역 옥상의 낡은 새장에 자리를 잡은? 이해하기는 어려운 일이지만 멋지다는 생각이 들기는 했다.

그런 생각에 한창 빠져 있을 때 불현듯 할아버지 목소리가 들렸다.

"1퍼센트의 사람들이 어떻게 사는지 너희도 한 번쯤 봐 둘 필요가 있어."

하루의 끝을 알리는 흐릿한 불빛을 뚫고 도로를 내달리는 동안 차 안에는 묘하게도 침묵이 이어졌다. 잠시 후, 우리는 오렌지빛 석양을 마주하며 고속도로에서 빠져나와 힐스로 접어들었다. 지대가 높아질수록 부동산 가격이 더 비싸지는 것은 전 세계의 불문율이었다. 위로 올라가면 해수면이 상승해도 가라앉을 염려가 없으니까. 부유한 이들은 위로 올라가고 가난한 사람들은 아래에서 복작이며 사는 수밖에.

할아버지가 단조로운 목소리로 말을 이었다.

"아들이 둘 있어. 어느새 다 커서 가정을 꾸렸더라고. 아내는 지난달에 불쑥 나타났는데도 나를 너그럽게 받아 주지 뭐야?"

"거리에서 몇 년이나 생활하신 거예요?"

"십 년. 내 인생 최고의 십 년이었지."

할아버지는 다르의 질문에 대답하고는 한동안 말없이 앞만 바라보았다. 하늘이 그새 어두컴컴해졌다.

"그런데 왜 거리로 나가신 거예요?"

드루의 당돌한 질문에 깜짝 놀랐다. 나는 차마 하지 못한 질문이었다. 할아버지가 고개를 돌려 우리를 바라보았다. 눈빛은 흐릿했지만 목소리는 부드러웠다.

"자유를 찾고 싶어서. 그 전에는 가족과 사업에 대한 책임을 모두 짊어져야 했거든. 매일매일 내 뜻과는 다른 일을 했지. 별의별 일을 다 했어. 하지만 더 이상 그렇게 살고 싶지 않더라고. 그래서 돈과 책임감을 모두 던져 버린 거야. 과거도, 미래도 없이 그저 온전한 나 자신으로 진짜 세상에 나가 거친 바다를 표류하게 된 거지."

우리는 숨소리도 내지 않고 할아버지 이야기에 가만히 귀를 기울였다.

"여행을 다녔어. 이 이상한 나라의 곳곳을 헤매고 다녔지. 나는 덴마크인이고 너희는 미국인이지만, 여기서는 다들 이방인이잖니? 에스키모들과 함께 살면서 그들의 풍요로운 문화와 복잡한 생업을 관찰했지. 그들은 우리 조상들이 그랬듯이 자급자족을 하면서 살았는데, 그런 삶이 얼마나 순수하면서도 혹독한지 상상할 수 있겠니? 흙바닥이든 눈더미든 가리지 않고 닥치는 대로 아무 데

서나 잤어. 눈 덮인 산을 오르고 차가운 호수에서 수영을 하고 거친 바다에 뛰어들기도 했지. 그러면서 병도 들고 몸도 약해졌지만 이내 다시 회복하고 강해졌어. 완전히 달라져서 집으로 돌아온 거야."

할아버지는 적당한 단어를 고르기 위해 잠시 뜸을 들였다.

"그래, 이젠 달라졌어. 진짜 삶을 살아 본 덕분이지."

그게 무슨 말인지 정확히 알 수는 없었지만, 자기 자신으로 사는 게 그 무엇보다 중요하다는 뜻이라는 것만은 알아들었다. 나 또한 같은 상황 속에서 허우적대고 있었으니까. 할아버지의 이야기를 들으면서 한 가지 중요한 사실을 깨달았다. 남자의 삶도 여자의 삶만큼이나 힘들다는 것! 다른 사람의 삶을 함부로 판단해선 안 된다는 생각이 들었다.

"이제 세상 경험이 많아졌으니, 옛날에 버거워서 던져 버렸던 책임감을 더 잘 감당할 수 있을 것 같아. 그리고 너희 덕분에 내가 가진 것으로 좋은 일을 어떻게 해야 하는지 깨달았어. 이 세상을 바꿀 수는 없어도 작은 기여는 할 수 있을 것 같다는 생각이 들었거든. 선한 영향력을 끼칠 수 있을 것 같아."

할아버지가 말을 끝마친 뒤 고개를 돌려 앞을 보자, 다르가 나를 쿡 찌르며 입 모양으로 물었다.

"무슨 소리야?"

나는 어깨를 으쓱했다. 할아버지는 수수께끼 같은 사람이었다. 하지만 오늘 우리에게 한 이야기로 미루어 보면, 선한 영향력을 끼치겠다는 할아버지의 계획은 분명히 우리 프로젝트와 관련이 있을 듯했다.

때 아닌 발각

고지대로 올라갈수록 산소가 부족해서 숨쉬기가 힘들었다. 몸이 절로 부들부들 떨렸다. 나는 두 팔로 어깨를 꼭 감싸 안았다. 우리는 아무 말 없이 창밖을 물끄러미 바라보았다. 길고 가느다란 초록색 잎이 달린 전나무를 비롯해 나무들이 엄청 많았다.

우리는 서로를 멀뚱멀뚱 쳐다만 볼 뿐, 무슨 말을 해야 할지 몰라서 그냥 잠자코 있었다. 그때 다르가 내 손을 꼭 잡았다. 땀이 나서 축축한 그 손을 잡고 있으니 마음이 한결 편안해졌다.

어느새 무인 자동차는 거대한 벽을 따라 달리고 있었다. 두꺼운 회색 돌을 쌓아 올려 만든 벽은 높이가 6미터쯤은 되어 보였다. 자동차는 서서히 속도를 늦추더니 경비 초소 앞에서 우뚝 멈추었다.

나도 모르게 긴장이 되어서 다르와 맞잡은 손에 힘을 꾹 주었다.

무장한 군인이 초소 밖으로 나왔다. 짙은 초록색 군복을 입고 있었는데, 어깨에는 기다란 총을 메고 있었다. 그린란드 국립 경비대원이었다. 군인은 엄숙하고 단호한 표정으로 다가와 앞 유리창을 통해 차 안을 들여다보았다. 레드 할아버지가 차창을 내리자, 군인이 몸을 숙여 열린 창 안으로 고개를 들이밀었다.

"오, 에버렛! 그동안 잘 지냈나?"

할아버지와 군인이 하이 파이브를 했다.

"그럭저럭 잘 지냈어. 참! 스탠, 여긴 내 손님들이야."

나는 다르의 손을 얼른 놓고선 소심하게 손을 들어 흔들었다.

"알았어, 친구. 걱정 마."

군인 아저씨는 씩 웃더니 초소로 돌아가 차가 지나갈 수 있도록 무거운 철문을 활짝 열어 주었다. 나는 다시 다르의 손을 꼭 잡았다. 어쩐지 가슴이 조마조마했다.

"권력!"

다르가 나지막이 속삭였다. 그랬다. 나를 두렵게 만드는 것은 바로 그것이었다.

"무서워."

드루가 말했다. 다르는 팔을 쭉 뻗어 드루를 안았다. 우리는 새끼 고양이들처럼 바짝 붙어 앉아 몸을 덜덜 떨었다. 이런 상황이 아니었다면 우리의 모습이 우스워서 한바탕 웃었을 것이다.

할아버지는 무슨 말을 하려고 뒤를 돌아보았다가 주눅 든 우리의 꼴을 보고는 금세 표정이 어두워졌다.

"이런, 그렇게 긴장할 것 없어. 여긴 내가 사는 곳이니까 걱정하지 않아도 돼. 우리 가족은 이주 정책이 시작된 후로 줄곧 여기에서 살았어. 이곳은 웨스트 샤메드보다 훨씬 더 안전해."

그 순간, 시간이 너무 늦었다는 것을 깨달았다.

"헉! 이러다 저녁 식사 시간에 늦겠어요. 엄마를 도와 드려야 하는데……."

"우린 괜찮아. 몇 주 전에 위치 추적 시스템을 해킹해서 살짝 조작해 두었거든. 저녁 준비가 다 될 때까지는 부모님을 감쪽같이 속일 수 있어."

드루가 의기양양하게 말했다.

쌍둥이 남매가 언제든지 외출할 수 있었던 이유를 이제야 알았다. 나는 드루를 보며 미소를 지었다. 드루는 멋쩍은 얼굴로 어깨를 으쓱하며 마주 보고 웃었다.

할아버지가 걱정스런 얼굴로 지금 당장 집으로 돌아가야 하는 거냐고 물었다.

"제가 알아서 할게요."

나는 이 기회를 놓치고 싶지 않았다.

우리는 불을 환하게 밝힌 거리를 스쳐 지나가며 다양한 크기와 형태의 집들을 구경했다. 튼튼하게 지은 벽돌집, 금속제 지붕을 올린 이층짜리 목조 주택, 그리고 물이 뿜어져 나오는 분수가 있는 석조 저택을 얼빠진 표정으로 바라보았다. 그러다 서로를 쿡쿡 찌르면서 '저길 좀 봐! 저것 좀 봐!' 하고 호들갑을 떨었다. 마치 예쁜 세트장을 구경하는 기분이었다.

잠시 후, 차가 크림색 단독 주택 앞에 멈춰 섰다. 군데군데 서 있는 기둥과 둥글게 휘어져 있는 현관이 눈길을 사로잡았다.

"우리 집이야."

"퍽이나요!"

할아버지 말에 다르가 콧방귀를 뀌었다.

그때 현관 그네에 앉아 있던 할머니가 자리에서 일어나 우리에게로 다가왔다. 숱이 많은 잿빛 머리카락을 어깨까지 늘어뜨린 노부인의 모습은 멀리서도 꽤 아름다워 보였다. 할아버지가 차창을 내리고 큰 소리로 말했다.

"여보, 곧 돌아올게요!"

할머니가 미소를 지으며 손을 흔들었다.

여기가 정말 할아버지네 집이라고? 저 할머니는 할아버지 부인이고? 나는 말문이 턱 막혔다. 할아버지가 자신의 이상을 좇기 위해 저 모든 걸 포기했다는 게 도무지 믿기지 않았다.

어느새 차는 다시 속도를 내서 달렸다. 우리는 목을 쭉 빼고 힐스의 풍경을 하나도 놓치지 않고 눈에 따박따박 담았다. 넓디넓은 테니스장, 물이 출렁이는 수영장, 아이들이 자전거를 타는 녹색 공원, 목줄을 매고 있는 개, 내가 사는 건물의 로비보다 더 큰 마당, 거기에 한가로이 늘어져 있는 고양이……. 마치 다른 세상에 와 있는 듯했다. 심지어 공기도 더 깨끗하고 신선하게 느껴졌다.

우리는 힐스를 한 바퀴 다 돌고 나서 할아버지네 집으로 돌아왔다. 곧 할머니와 정식으로 인사를 나누었다. 샤를린 할머니는 우리를 따뜻하게 맞아 주었다. 하지만 오래 머무를 여유가 없었다. 인사를 나누고 난 뒤 부랴부랴 차에 올라타고 힐스를 떠났다.

저지대로 내려오는 내내, 우리는 아무 말도 하지 않았다. 힐스를 방문한 경험은 우리의 눈을 번쩍 뜨이게 한, 매우 엄청난 사건이었다. 그곳에 사는 아이들의 삶은 상자처럼 비좁은 아파트에서 북적대며 살아가는 우리의 그것과 너무나도 달랐다. 아니, 길거리로 내몰린 아이들의 삶과는 비교조차 할 수 없었다. 그 애들이 우리와 얼마나 다르게 사는지 일일이 헤아릴 수조차 없을 지경이었다.

이스트 샤메드에 접어들 무렵, 다르가 먼저 입을 열었다. 왠지 모르게 목소리가 쌀쌀맞게 느껴졌다.

“그 모든 걸 버리고 거리에서 생활하신 거예요? 할아버지를 도무지 이해할 수 없어요.”

“만약 네 삶을 완전히 바꿀 기회가 온다면 받아들일 수 있겠니?”

“네, 더 좋은 기회라면요. 지금 제 상황을 할아버지의 상황과 맞바꾸는 기회 같은 거요.”

드루가 다르를 발로 툭 쳤다. 그러자 다르가 아프다며 항의했다.

“할아버지는 사람들이 어떻게 사는지 일일이 살펴본 뒤 공감하고 싶었던 거야. 세상을 더 나은 곳으로 만들기 위해서 어떤 변화가 필요한지 알아보고 싶었던 거고. 그렇죠?”

입으로는 이렇게 말했지만, 사실 속으로는 다르의 생각에 백만 번 동의했다. 나 역시 힐스를 버리고 거리의 삶을 택하지는 않았을 것 같아서였다. 그것이 설령 일시적이라 할지라도.

힐스를 보고 온 뒤라 그런지, 우리 동네가 유독 지저분하고 우울해 보였다. 차가 멈추지 않고 이대로 다른 세계로 가 버리면 좋겠다는 생각마저 들었다. 하지만 우리는 어둡고 고요한 이스트 샤메드를 달려 성냥갑처럼 북적이는 집으로 돌아가고 있었다. 다들 한동안 아무 말이 없었다.

할아버지는 난데없이 내일 커피 찌꺼기를 모아 오면, 정원에서 나오는 잡초와 섞을 수 있는 퇴비 장치를 만들겠다고 말했다. 어느새 차가 우리 집 앞으로 스르륵 미끄러지듯이 다가갔다. 나는 부모님에게 뭐라고 설명할지 곰곰이 생각했다.

그때 다르가 당황한 듯이 다급하게 외쳤다.

"어이쿠!"

다르의 시선을 따라 창밖을 바라보니, 부모님이 로비에서 어떤 부부와 이야기를 나누고 있었다. 팔짱을 끼고 선 아빠 옆에서 엄마가 훌쩍거렸다.

"너희 부모님이야? 세상에! 벌써 우리 부모님하고 만났네? 우린 다 죽었다."

쌍둥이 남매는 차문을 벌컥 열고 뒷좌석에서 총알같이 튀어 나갔다. 내가 막 따라 내리려고 하는 순간, 할아버지가 팔을 덥석 잡더니 흰색 명함을 건넸다.

"이걸 아빠한테 보여 주고 이번 일은 다 내 잘못이라고 말씀드려."

나는 명함을 받아서 얼른 주머니에 넣었다. 그리고 죄지은 얼굴을 하고 있는 할아버지의 팔을 살며시 토닥여 주었다.

"전 괜찮아요. 내일 옥상에서 봬요. 급수 장치를 만들어야죠!"

할아버지는 내 마음이 상하지 않았다는 걸 알아차리고 안심하는 눈치였다.

"할아버지 잘못이 아니에요. 교수님도, 농장도 제 눈으로 다 보고 싶었는걸요. 힐스에 가 본 것도, 할아버지가 사는 예쁜 집을 본 것도, 샤를린 할머니를 만난 것도 다 좋았어요. 아주 교육적인 하루였다고요."

할아버지가 내 말에 피식 웃었다.

나는 곧장 쌍둥이 남매를 따라 부모님이 서 있는 곳으로 다가갔다. 유쾌하지 않은 일이 기다리고 있을 거라는 건 거의 확실했다. 다르가 잔뜩 겁먹은 목소리로 말했다.

"다들 각오 단단히 해. 그나저나 이게 다 조니의 아이디어였다고 말해도 될까?"

드루가 다르에게 입 좀 다물라고 쏘아붙였다. 우리는 다 함께 웃음을 터뜨렸다. 건물 안으로 들어갈 때까지 깔깔거리고 웃다가, 성난 목소리를 듣고서야 웃음을 뚝 멈추었다.

쌍둥이 남매는 얼굴이 붉으락푸르락한 부모님을 따라 건물을 재빨리 빠져나갔다. 다르가 내 옆을 스쳐 지날 때 기운 내라고 조그맣게 말했다. 설령 외출 금지를 당한다 해도 저 애들은 둘이 함께 있겠지? 내 곁에는 아무도 없었다.

세상 가장 높은 곳의 정원

이제 자유의 몸이 될 날도 머지않았다. 나는 학기가 끝날 때까지 외출 금지라는 벌을 받았다. 이전에도 어디든 갈 수 있었던 것은 아니었지만, 지금은 완전히 집 안에 갇힌 신세가 되었다.

더 이상 옥상에 갈 수도, 시내를 몰래 쏘다닐 수도, 무인 자동차를 타고 돌아다닐 수도 없었다. 부모님은 내가 실종된 줄 알고 걱정을 엄청 많이 한 모양이었다. 나는 부모님이 내린 벌을 군말 없이 받아들이고, 학교 공부를 하는 데 온 힘을 쏟았다.

엄마는 내가 답답한 나머지 병이라도 날까 봐 걱정이 되었는지 콜센터 업무를 맡겼다. 그래서 내 전용 계정이 생겼다. 완전 대박이었다. 매일 온라인 수업이 끝나면 남반구로 이주를 준비하느라 바쁜 카마라의 책상에 앉아서 헤드셋을 쓰고 가족과 함께 일했다.

솔직히 말해서 콜센터 일은 꽤 재미있었다. 3D 음식에서 아기 기저귀, 물개 지방으로 만든 슬리퍼, 머리털을 곤두세운 가발, 우스꽝스러운 속옷, 대나무 발, 망고 향 물비누, 갖가지 사무용 가구, 보석이 박힌 약혼반지, 일상을 책임지는 스마트워치, 애완용 로봇에 이르기까지……. 스크린에서 주문한 이런저런 물품 때문에 겪는 다양한 문제들에 대해 전 세계 고객들과 이야기 나누는 일은 생각보다 꽤 흥미로웠다.

나는 그들이 어떻게 사는지 물어보고 싶었다. 나처럼 초고층 건물에 사는지, 혹은 마당에 잔디가 깔린 벽돌집에 사는지……. 또 3D 음식만 먹고 사는지, 아니면 나무에서 갓 딴 신선한 사과를 아작아작 씹어 먹는지……. 해마다 이맘때 네팔은 아름다운지, 또 카이로는 얼마나 더운지…….

물론 그건 바람일 뿐이었다. 나는 스크린에 나오는 대본을 그대로 따라 읽었다. 자동 번역기 덕분에 사람들은 거침없이 자기 이야기를 했다. 어떤 운동을 좋아하는지, 나이가 몇 살인지, 좋아하는 연예인은 누구인지 등 아무 이야기나 마구 떠들어 댔다. 그런데도 나는 가족을 곤란하게 만들지 않기 위해 대본대로 '프로답게' 답을 했다.

내가 낯선 이들과 차를 타고 밤늦게 귀가한 일에 대해 부모님의 화가 어느 정도 가라앉았을 즈음, 정원 프로젝트를 비롯해 쌍둥이 남매와 새장, 그리고 레드 할아버지에 대해 솔직히 다 털어놓았다. 결과적으로는 부모님을 다시 화나게 만들었다. 낯선 이들과 이야기하는 것도, 차를 타는 것도, 친구를 사귀는 것도 다 안 된다는 말만 들었다. 나이가 더 들 때까지는 가족 외에 누구와도 교류해서는 안 된다는 것이었다. 대체 나이를 얼마나 더 먹어야 한다는 건지……. 그러는 부모님한테는 정작 친구가 단 한 명도 없었다.

나는 할아버지에게 받은 명함을 여태 아빠한테 보여 주지 않았다. 그걸 보여 준다고 해서 특별한 수가 생길 것 같지 않아서였다. 그저 씨앗과 함께 베개 밑에 숨겨 두고는 혼자 있을 때마다 꺼내 보면서 정원과 진짜 먹거리, 그리고 친구들을 떠올렸다.

힐스에서 자전거를 타거나, 조그만 개와 함께 달리거나, 잘 익은 대추야자를 먹거나, 은빛 틸라피아가 수족관에서 헤엄치는 모습을 상상하곤 했다. 이따금 다르 생각을 하기도 했다.

레드 할아버지가 준 명함에는 할아버지의 진짜 이름만 덩그러니 찍혀 있었다. 그것만으로도 충분하다는 듯이. 검은색 글씨로 작게 인쇄된 '에버렛 크누센'. 듣기 좋은 이름인 것은 분명했지만 누구나 알 만한 이름은 아니었다. 그린란드의 수상이나 샤메드의 시장, 국제적인 명사나 덴마크 왕족의 이름은 아니니까. 그러니 할아버지가 나에게 이걸 준 이유를 짐작할 수도 없었다. 이걸 아빠에게 보여 주면 뭐가 달라질까?

오늘은 새벽같이 일어나서 마지막으로 남은 두 과목의 기말고사를 준비했다. 어느덧 외출 금지도 끝을 향해 가고 있었다. 자유가 눈앞에 어른거렸다. 대추야자보다 더 달콤한 자유!

지구 과학 시험을 잘 본 기념으로 간식이라도 먹을 겸 주방으로 달려갔다. 엄마가 식탁 앞에 녹차 한 잔을 두고 앉아 있었다. 엄마가 제일 좋아하는 음료였다. 비록 3D 프린터로 만들지는 않았지만, 모나코 제품인 건 마찬가지였다. 즉 차나무에서 나온 진짜 차는 아니란 뜻이다.

3D 프린터로 초콜릿 패스트리를 만들 준비를 하면서 엄마에게 시험 결과를 말했다.

"올해도 잘했구나! 조니, 네가 자랑스러워."

칭찬을 들은 김에 패스트리를 한입 베어 먹으면서 조심스럽게 입을 열었다.

"그럼, 혹시……."

하지만 입이 쉽게 떨어지지 않았다. 내가 더 이상 말을 잇지 못하고 패스트리를 꿀꺽 삼키자 엄마가 안쓰럽다는 듯 먼저 말했다.

“그래, 옥상에 가도 돼. 하지만 옥상에만 가는 거야. 또 밖으로 나가서 돌아다니면 안 돼. 알았지? 그리고 저녁 준비 도우러 일찍 들어오고. 약속할 수 있어?”

“네! 숙제 다 해 놓고 올라갈게요. 엄마, 고마워요!”

엄마가 자리에서 일어나 나를 꼭 안아 주었다.

“지금 바로 올라가는 건 어때? 오후엔 좀 쉬면서 즐겁게 보내.”

나는 집 안을 이리저리 뛰어다니면서 필요한 것들을 찾았다. 아빠가 나타나 방해하기 전에 빨리 집에서 탈출하고 싶었다. 어쩌면 아빠는 엄마와 생각이 다를지도 모르니까.

칸막이 옆을 허둥거리며 지나다가 아빠와 눈이 딱 마주치고 말았다. 그런데 아빠가 잿빛 눈썹을 치켜세우고는 방긋 웃는 게 아닌가! 이제야 찬밥 신세에서 벗어나는 건가?

아빠가 손을 들어서 나를 부르더니 종이에 뭔가를 휘갈겨 썼다. 그러는 동안에도 계속 누군가와 통화했다.

“네, 크누센 씨. 감사합니다.”

크누센 씨? 심장이 쿵쾅거렸다. 아빠가 설마 레드 할아버지와 통화를 하는 건가?

아빠가 메모를 건네며 환하게 웃었다.

“그럼요, 이해합니다. 크누센 씨, 함께 일하게 되어 영광이에요.”

아빠가 건넨 종이에는 이렇게 적혀 있었다.

모나코 부사장과 통화 중.

나는 엄지를 들어 보인 다음에 무사히 집을 빠져나왔다. 모나코의 높은 사람과 레드 할아버지가 같은 성씨라니! 우연이겠지?

계단을 성큼성큼 뛰어 올라갔다. 하지만 20층에 도착하기도 전에 지쳐 버렸다. 몸이 말이 아니었다. 전처럼 날렵하게 계단을 뛰어 오르려면 시간이 좀 더 걸릴 듯했다. 마침내 99층에 이르렀을 때는 온몸에서 땀을 뚝뚝 흘리며 숨을 헐떡였다. 그때 눈이 번쩍 뜨였다. 거미줄에 크고 통통한 금빛 거미 한 마리가 앉아 있었기 때문이다. 거미를 가만히 들여다보았다. 내가 거기에 있는 걸 아는지 모르는지, 거미는 꿈쩍도 하지 않았다.

아름다운 거미를 몇 분이나 넋 놓고 쳐다보다가 거미줄에 걸린 작은 각다귀인지 개미인지가 어디에서 왔는지 문득 궁금해졌다. 마지막 계단을 마저 오르며 생각했다. 거미한테는 곤충이 필요하고, 곤충은 식물이 필요했다. 그렇다면…….

나는 무거운 철문을 벌컥 열고 밖으로 나가 안개가 살짝 낀 잿빛 하늘과 따뜻한 공기를 마주했다. 옥상에는 아무도 없었다. 뒤에서

문이 철커덕 닫히는 소리가 났다.

레드 할아버지도, 쌍둥이 남매도 보이지 않았다. 화상 채팅마저 금지였기 때문에 그동안 쌍둥이와 아무 이야기도 나누지 못했다. 그 애들을 언제 다시 볼 수 있을지, 아니 다시 볼 수 있기나 한 건지도 알 길이 없었다.

그동안 나는 혼자였지만 외롭지 않았다. 콜센터 업무를 도우며 유대감과 공동체 의식이라는 걸 맛보았으니까. 덕분에 그 시간을 모두 견딜 수 있었다. 무엇보다 혼자 있는 동안 내 친구들이 얼마나 소중한지를 깨달았다. 시간이 제아무리 흘러도 그들은 언제나 내 곁에 있을 거라는 믿음이 생겼다.

아빠의 쌍안경을 들고 이웃 건물에서 쌍둥이 남매의 집을 찾아보았다. 그러다가 창문에 붙여 놓은 노란색 종이를 발견했다. 검정색 잉크로 큼지막하게 이런 문구가 적혀 있었다.

자유의 날까지 이제 12일!

나는 배를 잡고 깔깔 웃으면서 새장 앞으로 갔다. 안개가 걷히자 정오의 햇살이 얼굴을 뜨겁게 달궜다. 그사이에 여름이 온 모양이었다.

그런데 화단을 막 지나치려는 순간, 뭔가가 내 눈을 사로잡았다. 흙이 좀 달라 보였다. 좀 더 부드러우면서도 물기를 머금은 듯 촉촉했다. 더 정확히 말하면 진짜 흙처럼 비옥해 보였달까? 다른 것들도 하나씩 눈에 들어왔다. 거무스름한 흙 위에 살포시 앉아 있는 초록빛 새싹! 밝은 햇살을 향해 작은 머리를 쏘옥 내밀고 있는 모습이라니!

나는 화단 사이를 쪼르르 뛰어다니면서 거무스름한 흙과 초록빛 새싹을 모조리 확인했다. 작은 식물들이 줄지어 솟아나고 있었다. 이게 도대체 무슨 일이지?

답은 하나뿐이었다. 레드 할아버지!

나는 할아버지가 설치한 급수 장치를 자세히 살펴보았다. 여러 개의 복잡한 호스들이 머리 위쪽의 파이프와 연결되어 있었고, 그 파이프들은 빗물받이 홈통과 이어졌다. 반짝반짝 빛나는 금속 통도 있었는데, 아마도 퇴비를 담은 통인 듯싶었다. 그곳엔 어쩌면 잡초와 커피 찌꺼기, 그리고 지렁이가 들어 있는지도 몰랐다.

할아버지는 매일 이곳에 올라와서 우리의 프로젝트를 위해 혼자 열심히 일을 한 게 분명했다. 그런 것도 모르고 나는 지금껏 나와 쌍둥이 남매가 없으니 모든 것이 제자리에 멈추어 있을 거라고 생각했다. 눈앞에 보이는 것들에 기뻐해야 할지, 아니면 할아버지가 이루어 놓은 것을 매 순간 함께 보지 못한 것에 슬퍼해야 할지 갈피를 잡을 수 없었다. 그때 화단 하나가 눈길을 사로잡았다. 거무스름한 흙 위는 아무것도 없이 휑하니 비어 있었다. 화단 모퉁이에 꽂아 놓은 나무 막대기에 적힌 손 글씨가 보였다.

조니의 정원

갑자기 심장이 벌렁거리면서 두 눈에 눈물이 고였다. 할아버지가 나를 위해 화단 하나를 남겨 둔 것이었다.

나는 바지 주머니에서 얼른 씨앗 봉지를 꺼낸 다음에, 집게손가락으로 흙에 구멍을 여럿 뚫었다. 그러고는 구멍에 씨앗을 하나씩 떨어뜨리며 간절하게 속삭였다.

"잘 부탁해."

씨앗을 전부 심은 다음, 구멍을 흙으로 덮고서 손으로 토닥여 매끄럽게 만들었다. 시간이 조금 걸리긴 했지만 화단에 물을 주는 방법도 혼자 알아냈다.

모아 둔 빗물이 내 화단을 촉촉이 적시는 광경을 물끄러미 바라보면서 일주일 뒤, 한 달 뒤, 그리고 일 년 뒤에 어떤 모습으로 바뀌어 있을지 상상했다. 내가 방금 심은 게 무슨 씨앗인지는 알지 못했다. 그래서 어떤 식물이 자랄지도 알 수 없었다. 나는 하늘을 날아다니며 비옥한 땅에 씨앗을 떨어뜨리는 비둘기와 다를 바 없었다.

흙을 바라보며 서 있자니 마음 깊은 곳에서 믿음 같은 게 샘솟았다. 머지않아 내 화단에 진짜 새싹이 움틀 거라는 믿음, 진짜 식물이 자라서 먹거리가 될 거라는 믿음……. 바로 세상 가장 높은 곳에 있는 조니의 정원에서!

우리가 사는 세상에서는

우리는 웨스트 샤메드의 한 옥상 정원의 개원 기념행사에 참석하러 가는 길이었다. 나는 다르와 함께 무인 자동차 뒷좌석에 앉았다. 드루는 국제 해킹 시험을 치르느라 함께하지 못했다. 그 애는 그린란드 농무부 장관실에서 일하기 위한 마지막 관문을 지나는 중이었다.

앞좌석에 앉은 레드 할아버지가 고개를 돌려 우리를 바라보며 말했다.

"오늘 아침에 시장님께 들은 얘긴데, 시의회가 우리 프로젝트의 결과에 아주 만족스러워한다고 해. 그래서 앞으로 만들 정원의 모든 자금을 지원해 주기로 했어. 전서구를 통해서 아이디어를 전달

한 게 시장님 마음에 들었던 모양이야."

할아버지는 손가락을 딱 소리가 나게 튕기며 활짝 웃었다. 할아버지는 사자 갈기 같던 숱 많은 붉은색 머리카락을 짧게 잘라서 이제 완전히 은발이 되었다. 하지만 전보다 훨씬 더 젊어 보였다. 또 더 행복해 보였다. 다시 이전의 삶으로 돌아간 덕분인지도 몰랐다. 힐스에 있는 집과 가족, 그리고 모나코로.

다만 이번에는 옳다고 생각하는 일을 하기 위해서 모나코에 윤리 부서를 신설해 종자 은행 프로젝트를 직접 맡아 진두지휘하고 있었다. 그 밖에도 교수님의 프로젝트에 자금을 지원하는 것은 물론, 다른 여러 프로젝트도 동시에 운영하는 중이었다. 이를테면 우리의 프로젝트 말이다!

"조니, 알고 보니 너야말로 마케팅 천재더라. 그 방면에서는 널 전적으로 믿어도 될 것 같아."

할아버지가 씩 웃으며 덧붙였다.

콜센터를 운영하는 집에서 자라서 그런지 이렇게 도움이 되는 일도 있었다.

다르가 놀리는 듯한 표정을 짓는 바람에, 우리는 잠시 서로의 어깨를 툭툭 치면서 장난을 쳤다. 다르가 내 손을 꼭 잡고 놓아주지 않았다. 우리는 서로를 바라보며 다정하게 미소를 지었다.

레드 할아버지가 다시 말했다.

"오늘 이스트 샤메드 프로젝트 지원자를 열 명 더 만났어. 그럼 이제 얼마나 되는 거지? 거의 천 명쯤 되려나?"

우리 프로젝트의 정원사들은 모두 노숙자나 일자리가 절실한 사람들이었다. 그 외에도 화물차 운전과 건축에 필요한 인원을 모집하고 있었다. 우리가 도시 곳곳에 정원을 짓기 시작한 뒤로 샤메드의 실업률은 급격히 줄어들었다.

게다가 공동체 의식이 생겼다는 게 무엇보다 기뻤다. 그동안 나는 신선한 먹거리를 찾아 옥상으로 올라온 이웃들을 비롯해, 우리 도시에 사는 노숙자들을 숱하게 만났다. 같은 처지에 놓인 사람들이 서로를 이해하고, 이웃에게 관심을 가지며 서로서로 힘이 되어 주는 것! 이전에는 한 번도 경험하지 못한 일이었다.

그때 하얀색 무인 화물차가 옆을 스쳐 지나갔다. 화물차 옆면에 인쇄된 '조니의 정원'이라는 화려한 문구가 눈에 쏙 들어왔다.

"지난밤에 페스터 씨랑 얘기했는데, 건축 허가가 나서 시내에 있는 옥상 정원 작업도 무사히 마쳤다더구나. 기금이 마련되는 대로 공공 건물의 정원 작업도 곧 시작할 수 있을 것 같아."

다르와 나는 서로의 눈을 바라보며 한목소리로 외쳤다.

"대박!"

"그래, 그렇게 말할 줄 알았어. 그나저나 꿀벌 프로젝트는 어떻게 진행되고 있니?"

우리는 교수님의 도움을 받아서 옥상 몇 곳에 양봉장을 설치했다. 정원 프로젝트에 꼭 필요한 꿀벌 프로젝트는 다르가 전담했다. 꽃가루를 운반하는 곤충들이 극히 부족한 나라인 탓에 정원에서 식물을 재배하는 데 한계가 있었다. 그래서 다른 나라에서 꿀벌을 들여와야 했다.

"잘 돌아가고 있어요. 십 대들은 꿀벌 작업을 좋아하더라고요. 거친 일이긴 해도 용기를 낼 수 있는 기회이기도 하니까요. 게다가 달콤한 결과물이 나오니 더할 나위 없죠."

나는 다르의 말에 싱긋 웃었다. 달콤한 걸로 따지자면 다르도 지지 않았으니까.

할아버지는 이어서 새를 수입하는 일에 대해 잠시 이야기했다. 꽃가루 매개자가 많으면 많을수록 우리 정원에는 더 좋은 일이었지만 주의해야 할 점도 있었다. 토종벌들을 멸종시키거나 이곳에서 살아남지 못할 새들을 데려오지 않기 위해서는 교수님과 긴밀하게 협력해야 했다.

나는 절묘한 균형에 대해 생각했다. 믿기 힘들 정도로 복잡한 지구의 생태계에서 균형을 적절히 유지해 나가는 대지에 다시금 감탄했다. 과거에 급격한 기후 변화로 자연의 생태계가 무너졌기에, 그것들을 차례차례 복구하는 것이 우리의 역할이있다. 지금, 이곳에서, 정원을 하나씩 만들면서!

다르와 할아버지는 꿀벌과 새에 관한 이야기를 나누느라 여념이 없었다. 그동안 나는 눈을 꼭 감고 상상의 나래를 펼쳤다. 상상 속의 나는 옥상에 앉아 쌍안경으로 도시를 내려다보고 있다. 모든 옥상에 초록빛 식물이 무성하다. 그 아래에 펼쳐진 도시는 살아 있는 것들로 활기가 넘친다.

새들은 키 큰 나무에 앉아 지저귀고, 꿀벌들은 윙윙거리고, 나비들은 이 꽃 저 꽃으로 날아다니고, 거미들은 반짝이는 거미집을 짓는다. 거리에는 노숙자 대신 정원사가 넘쳐난다. 남녀노소 할 것 없이 모두가 정원을 손질하고, 식물에 물을 주고, 씨앗을 심고, 열매를 수확한다. 모두가 함께하는 삶에 만족하며 좋은 음식과 진짜 먹거리에 행복해한다.

그 모습이 내 마음속에 선명히 새겨져 있다. 그저 상상에 그치는 것이 아니라 우리가 하는 사업의 진짜 목표였다. 아니, 레드 할아버지와 나, 그리고 쌍둥이 남매를 비롯해 샤메드 곳곳에서 정원 프로젝트에 참여하는 모든 이의 목표이기도 했다.

나는 언제나 세상에 도움이 되는, 좋은 일을 할 수 있기를 꿈꿔

왔다. 그 결과, 지금은 내가 사는 도시에 정원을 만들어서 진짜 먹거리를 제공하는 꿈을 실현할 수 있게 되었다. 이제는 당당히 말할 수 있다.

"내가 사는 세상에서 사람들은 이렇게 먹습니다!"

세상 가장 높은 곳의 정원

첫판 1쇄 펴낸날 2020년 8월 14일

지은이 버지니아 아론슨 **옮긴이** 김지애
펴낸이 박창희
편집 김수진 이민주 **디자인** 권은숙
마케팅 이상민 이혜인 **회계** 양여진

펴낸곳 (주)라임
출판등록 2013년 8월 8일 제 406-2013-000091호
주소 경기도 파주시 회동길 57-9, 우편번호 10881
전화 031) 955-1820, 1821 **팩스** 031) 955-1825
이메일 lime@limebook.co.kr **인스타그램** @lime_pub

ⓒ라임, 2020
ISBN 979-11-89208-52-3 44840
979-11-951893-0-4 (세트)

* 이 책에 쓰인 아이콘은 프리픽(Freepik)에서 제공받았습니다.
* 잘못된 책은 구입하신 서점에서 바꾸어 드립니다.
* 본서의 반품 기한은 2025년 8월 31일까지입니다.

이 도서의 국립중앙도서관 출판시도서목록(CIP)은 e-CIP 홈페이지(http://www.nl.go.kr/ecip)와 국가자료공동목록시스템(http://www.nl.go.kr/kolisnet)에서 이용하실 수 있습니다.(CIP제어번호 : CIP2020032614)